La femme en rouge
et autres nouvelles

ANDRÉE CHEDID

Romans

Jonathan
Le sommeil délivré — *J'ai lu* 2636/**3**
Le sixième jour — *J'ai lu* 2529/**3**
Le survivant — *J'ai lu* 3171/**2**
L'autre — *J'ai lu* 2730/**3**
Mon ennemi, mon frère
Néfertiti et le rêve d'Akhnaton
Les marches de sable — *J'ai lu* 2886/**3**
La maison sans racines — *J'ai lu* 2065/**2**
Les corps et le temps *suivi de* L'étroite peau
Derrière les visages
Les manèges de la vie
Mondes miroirs magies
L'enfant multiple — *J'ai lu* 2970/**3**
La cité fertile — *J'ai lu* 3319/**1**
La femme en rouge et autres nouvelles — *J'ai lu* 3769/**1**

Poésie

Contre-chant
Visages premiers
Fêtes et lubies
Fraternité de la parole
Cérémonial de la violence
Cavernes et soleils
Épreuves du vivant
Textes pour un poème : 1949-1970
Textes pour un poème : 1987
Poèmes pour un texte : 1970-1991

Théâtre

Bérénice d'Égypte, les nombres, le montreur (Théâtre I)
Échec à la reine

Andrée Chedid

La femme en rouge

et autres nouvelles

Éditions J'ai lu

SOMMAIRE

L'ŒUF

« La fixité du milieu intérieur fait un homme libre. »
Claude Bernard

Bless revint de la cuisine portant, avec solennité, le plateau verni recouvert d'un napperon orange.

Une serviette pliée en triangle, ainsi qu'une petite cuillère, une salière, un poivrier, tous en argent, étaient posés sur le côté. Au centre, l'assiette blanche, avec ses quelques mouillettes beurrées, supportait un coquetier bleu nuit, d'où s'élevait un œuf.

Un bel œuf. Un très bel œuf ; ultra-frais, miré par l'apprenti crémier à la demande du client. Un œuf auquel sa coquille, légèrement bistrée, donnait un air agreste.

Bless, l'ayant maintenu dans l'eau frémissante durant les trois minutes réglementaires d'un sablier, s'était surpris à en imaginer les mutations internes :

la glaire prenant blancheur et consistance ; l'expansion du jaune vers sa nouvelle fluidité, le germe réduit à l'impuissance.

Bless s'approcha de la table de couture de sa femme, placée devant la fenêtre entrouverte. Celle-ci donne sur une courette où se dresse un marronnier. Maria, partie en toute hâte, s'absenterait pour quarante-huit heures. C'était samedi.

Bless était seul, serait seul. Seul !

Ce tête-à-tête avec lui-même, avec l'arbre, avec l'œuf, le réjouissait.

Il posa le plateau, s'assit sur le tabouret, fixa ses pieds à la barre. Le dos redressé, il déplia la serviette et, la lissant sur ses genoux, caressa avec délices l'étoffe au grain serré. Il avait renoncé ce matin au linge en papier qui vous reste extérieur et dont on se débarrasse, très vite, après usage.

Saisi par l'explosion des bourgeons, l'arbre portait haut ses branches. Bless le contempla longuement. Il prolongeait une sorte de trêve, faisant durer les pauses ; il s'offrait une fête intime, qui prenait peu à peu l'allure d'une cérémonie.

L'appartement désert ne laissait place qu'au silence. En y prêtant attention, Bless aurait pu entendre uniquement le tic-tac du réveille-matin posé sur un coin de la bibliothèque.

C'était fin mars. Entre coups de vent et clémence, le temps hésitait à se définir.

Soudain, une ondée grise brouilla l'arbre. Bless se leva, tira le voilage. En les colorant d'un jaune uniforme et cuivré, le tissu diaphane égaierait les variations du dehors.

Le téléphone carillonna.

Bless fronça les sourcils en direction de l'appareil. Puis, haussant les épaules, avant que le bruit ne s'étouffe, il se concentra sur l'œuf.

Sur le point d'en craqueler le gros bout du revers de sa cuillère, il quitta soudain son siège, se précipita dans la cuisine, ouvrit l'un des tiroirs et en ramena un couteau.

L'image de la vieille Anglaise au regard délavé flottait dans la chambre.

C'était loin, au mois d'août, Bless n'était encore qu'un petit garçon sagement assis dans une salle à manger d'hôtel. Une mer éteinte, des sables blafards, un ciel incolore traversaient les vitres. Chaque matin, le couteau bien à plat dans sa main fanée, l'Anglaise tranchait le sommet de l'œuf, sans faillir, d'un coup sec.

Bless chercha à l'imiter. Il essaya, une, deux fois. Mais ne parvenant qu'à blesser l'œuf, sans le décapiter, il renonça très vite à ce manège.

Durant quelques instants, il caressa la mince cicatrice. Puis, enveloppant de sa paume la coquille calcaire et poreuse, il en ressentit toute la tiédeur et la douce rotondité.

La sonnerie du téléphone rompit de nouveau le silence.

Ne cherchant pas à se souvenir des raisons de son absence, Bless en voulut à Maria d'être partie. C'était toujours elle qui soulevait l'écouteur dès les premières vibrations, qui filtrait les messages, qui veillait sur sa tranquillité.

Mais le calme ne tarda pas à revenir.

Bless se délecta une fois de plus de sa retraite et se prépara à entamer l'œuf.

Du bout de son index, il détacha un fragment de la coquille, dénudant la paroi transparente qui protège et maintient tout le dedans. Il se plut ensuite à écailler la partie supérieure de l'œuf en évitant de trouer cette membrane protectrice. Tassant les minuscules débris dans un coin de son assiette, il les écrasa avec le pouce pour les réduire en poussière.

Autour de l'arbre, le temps s'éclaircissait ou se rembrunissait, sans l'atteindre.

Bless s'émut à la pensée de ces revêtements successifs : coquille, membrane, imperceptible chambre à air, matière albumineuse, substance jaune, qui sauvegardent et entretiennent l'embryon. Toujours sans y toucher, il chemina dans l'œuf, plongea jusqu'à son germe.

Là, Bless s'émerveilla de ce bond – secret et incommensurable –, de ce sursaut qui mène de matière à vie, et d'inertie à éclosion.

Le téléphone sonna.

Perdu dans ses réflexions, il l'entendit à peine.

Il restait à déguster l'œuf, avant que celui-ci ne se refroidisse.

Si Maria était ici, cette célébration n'aurait pas lieu. Elle était gloutonne, expéditive, Maria ! Fonçant sur les gens et les choses, en fille du Sud effervescente et passionnée. Il l'imaginait avec des centaines de bras, des dizaines de poitrines, pressant contre elle ses enfants, ses petits-enfants, tous les enfants du monde, les enduisant de baisers humides. Serrant la vie à bras le corps, ou la rejetant avec des cris d'entrailles !

Descendant d'une lignée d'ancêtres ponctuels et rembrunis, au début ce fut cette Maria-là qui avait tellement plu à Bless.

C'était loin, le début !

Bless goûta l'œuf. Sa saveur mêlée à quelques grains de sel, à une pincée de poivre, le ravit.

La vue du voilage jaune gonflé par une brise légère, qui dorait la ténébreuse ondée multiplia son plaisir.

Il se sentit porté par une plaine liquide, étale, qui montait des tréfonds.

La sonnerie perfora sa quiétude. Il en éprouva une véritable commotion, et repoussa son plateau.

Les mâchoires serrées, il s'indigna de l'insistance de cet intrus à l'autre bout du fil ; et faillit saisir l'écouteur pour lui dire son fait.

Non, il ne broncherait pas ! Il ne serait pas l'esclave de quelques coups de sonnette. Non, il ne se laisserait pas inquiéter par ces appels répétés, intempestifs ; ni provoquer par cette agitation dans laquelle il baignait toute la semaine. Rassemblant alibis et angoisses – qui poussent vers son récepteur comme si l'on n'attendait que ce signe pour s'interrompre, se dissiper –, le téléphone a vite fait, si l'on n'y prend garde, de vous piéger.

Défiant le vacarme, Bless souleva la cuillère jusqu'à ses lèvres. L'appétit n'y était plus.

Dans la pièce, les couches d'air avaient perdu de leur fluidité, et lui collaient à la peau.

Enfin, le bruit cessa.

Il fallut quelques secondes pour que cesse le cahotement, pour que l'atmosphère se stabilise, et que la respiration se détende.

Par miracle, le temps s'allongea de nouveau. Devant Bless s'étendait le cortège des heures : une nuit, puis un autre matin, et encore une enfilade de minutes sans objet.

Son plaisir reflua.

Il parvint, graduellement, à la moitié de l'œuf.

La sonnerie atteignit cette fois une telle stridence que Bless sentit sa tête voler en éclats !

Il bondit de son siège. Son coude heurta, puis culbuta le plateau.

L'œuf s'écrasa sur le sol, maculant sérieusement la moquette blanche.

Dominé par l'obsédant carillon, Bless contempla le désastre.

S'arrachant enfin de sa place, il se dirigea vers le placard de l'entrée pour trouver un détachant.

La quantité des produits le découragea. Il referma le battant, revint auprès de l'œuf.

Il n'en restait que des fragments, baignant laidement dans des humeurs jaunâtres.

Tant pis. Bless laisserait les choses en l'état. À son retour, Maria s'en arrangerait.

La sonnerie harcelait toujours.

Il ne restait plus à Bless qu'à y répondre.

C'était Maria, au bout du fil.

De sa voix ardente, essoufflée – dont elle tempérait l'inquiétude – elle lui annonça que Julie venait de donner naissance à une belle petite fille :

– Elle te ressemble, Bless ! Tu viens, dis. Tu viens...

Une brise têtue avait repoussé le voilage.

Par la brèche on apercevait l'arbre, debout dans l'éclaircie.

Dans les gouttelettes suspendues aux feuilles, le soleil se multipliait.

LA CHÈVRE DU LIBAN

> « Oui, des frères partout. (Je le sais, je le sais !)
> Ils sont seuls comme nous. Palpitants de tristesse.
> La nuit, ils nous font signe ! »
>
> Jules LAFORGUE

– Eh ! Eh, là-bas ! As-tu vu ma chèvre ?

Comme une pierre la voix dévala la montagne, tomba dans l'oreille d'Antoun qui gardait ses troupeaux.

Secoué de sa torpeur, il se leva en hâte ; ses vêtements larges l'alourdissaient. Il fit quelques pas, regarda autour de lui, à flanc de coteau et assez loin dans la vallée ; puis il hocha la tête comme pour dire : « Je ne vois rien. » Il se tourna alors vers la montagne, écarta les jambes et, le corps bien d'aplomb, la tête rejetée en arrière, les mains en cornet devant la bouche pour que les mots grimpent mieux (ils avaient bien six cents mètres à parcourir), il cria, du plus fort qu'il put, vers l'homme de là-haut :

– Non ! Je ne la vois pas ta chèvre !

Ensuite, il revint s'asseoir à l'ombre des trois pins.

La voix qu'il n'entendait plus s'était cependant engouffrée quelque part dans sa tête, battant entre ses tempes. « As-tu vu ma chèvre ? As-tu vu ma chèvre ?... » martelait-elle, insistant sur chaque syllabe. Pour s'en débarrasser, de sa grosse main noueuse, puis de son index recourbé, Antoun se donna de petites tapes sur le crâne.

Un moment après, il pensa qu'il serait bientôt l'heure de rentrer, et il se mit à compter ses brebis. Il les compta par nombre de pattes, c'était la méthode qu'il préférait. Elle aidait à passer le temps. Il y fallait en plus de l'attention, de la mémoire, et Antoun se flattait d'en être généreusement pourvu.

Il y avait vingt-trois brebis, mais pas de chèvre. Pourtant, c'est si bondissant une chèvre ! Tellement fait pour les chemins rocailleux. Si attachant aussi, lorsque, les quatre pattes sur une large pierre, elle vous regarde de côté comme pour se moquer de votre gaucherie.

Sitôt qu'il ouvrit la porte de sa maison, Antoun dit à sa femme :

– Chafika, il y a le voisin de la montagne qui a perdu sa chèvre. Tu ne l'as pas vue dans les parages ?

– Non. Mais viens, la soupe t'attend.

Ah ! Que cette femme parlait peu. Des nids de silence, les filles de ce pays. À longueur de journée, elles plongent leurs bras dans l'eau de linge et de vaisselle ; ou bien font reluire l'envers des casseroles de cuivre et le carrelage des chambres dénudées.

– Il ne doit pas pouvoir manger ce soir !

– Qui ?

– Mais le voisin ! Celui qui a perdu sa chèvre...

– Dépêche-toi, ta soupe sera encore froide.

Elle s'était levée pour aller vers ses primus.

– Je t'ai préparé ce que tu aimes, des feuilles de vigne farcies. Ce sont les premières.

– Il est bien question de feuilles de vigne !

Comment pouvait-il être question de feuilles de vigne alors que – là-haut – un homme, un voisin, un frère se rongeait le cœur ? Antoun l'imaginait : il allait et venait dans les bois, il battait les fourrés, le pas nerveux, le front fermé. Il appelait, appelait : « Ma chèvre ! Où es-tu ma chèvre ? » C'est terrible un homme qui appelle ! Ça ne vous laisse plus de repos.

– Il ne dormira pas cette nuit.

– Qui ça ?

La femme revenait, portant sa casserole brûlante enveloppée dans un torchon.

– Mais le voisin !

– Le voisin ! Le voisin ! (Chafika haussa le ton :) C'est ridicule, tu ne l'as jamais vu ! Tu ne connais même pas son visage.

– J'ai entendu sa voix... dit Antoun.

Chafika soupira. C'était inutile de répondre. Quand les hommes s'attellent à une idée, ils se laissent entraîner, tout bêtement, comme des carrioles.

– Mais finis donc ta soupe.

« Les femmes, songeait Antoun, c'est comme la terre. Toujours à la même place. Elles connaissent les dix façons de faire du pain, d'accommoder les feuilles de vigne, de préparer une soupe ; mais elles naissent et meurent sans rien imaginer ! Elles se lamentent pour une tache sur une robe, une viande trop cuite, pas sur un homme dans la peine ; parce que, prétendent-elles, elles ne l'ont jamais vu ! »

Antoun repoussa la table, se leva :

– Écoute !

L'assiette pleine se déversa sur la nappe :

– Je n'y tiens plus... Donne-moi la lanterne, je pars chercher la chèvre !

– Tu es fou ! À ton âge et dans ce froid, tu attraperas la mort.

– Elle est peut-être tout près. Je connais le chemin qui mène chez le voisin. Je connais aussi le sentier des chèvres.

Antoun s'en irait, elle ne pourrait pas le retenir. Il était comme cela, aboutissant à son idée par coups de tête successifs ; et, celle-ci une fois atteinte, personne ne pouvait l'en déloger.

– Je trouverai sa chèvre, je la trouverai.

Chafika lui donna la lanterne, et il partit.

La nuit descendait par nappes ; bientôt Antoun dut allumer sa lampe.

Il avançait avec précaution ; le chemin tapissé de pierres inégales était plein de pièges. Il visitait les broussailles, faisait claquer sa langue contre son palais ; c'était là sa façon de parler aux bêtes.

Au bout de quelque temps, le vent se leva, et Antoun dut avancer plié en deux. « Chafika a raison, je vais attraper la mort. » Il tira de sa large ceinture un mouchoir de coton qu'il enroula autour de son cou. Et sa coiffe ? Il se demanda ce qu'il devait en faire. La forme cylindrique de ce fez vous empêchait de le garder sous le bras ou de le fourrer dans une poche. Un coup de vent le fit tomber, puis l'envoya rouler dans la vallée. Antoun le regarda disparaître, haussa les épaules et reprit sa marche.

La pente était raide, le vieil homme s'essoufflait. Pour se donner courage il repensa au voisin. Il l'aimait encore plus depuis que, pour lui, il avait quitté sa maison, affronté la nuit. Et la chèvre ? Peut-être était-elle blessée, couchée sur le flanc, terrifiée de tout ce noir autour d'elle, les yeux grands ouverts.

Antoun allongea son chemin pour explorer les sentiers de traverse. Il braqua sa lumière sur le sol pour y chercher des traces. L'âge lui pesait dans les jambes ; la fatigue l'empoignait, il respirait mal. Il aurait voulu s'étendre, dormir. Il pensa à son lit, à ses draps ; des draps d'un blanc dont Chafika avait, seule, le secret. Mais il grimpa, grimpa encore. Jamais ses chaussures ne lui avaient paru si étroites.

La mèche faiblit, se consuma ; la nuit devint totale.

Antoun dut abandonner la lampe et, s'aidant de ses deux mains, faire le reste du trajet sur les genoux.

Posé comme une couronne sur le sommet de la colline, le village s'appelait Pic des Oiseaux, à cause de la prédilection des hirondelles pour ses arbres. Antoun y entra avec l'aube.

Balançant son urne à bout de bras, une femme allait vers la fontaine :

– Que le jour te soit clair, ô mon oncle !

Une autre, adossée au battant de sa porte, l'interpella aussi :

– Tu viens sans doute de loin, tu portes la fatigue sur toi. Et tes mains, dans quel état les as-tu mises ? Entre vite ici te reposer.

– Je te remercie, je ne peux pas. Je cherche un homme.

– Un homme ? Quel homme ?

– Hier, au crépuscule, un homme de chez vous a crié dans la vallée. Il était malheureux. Il appelait.

– Pourquoi appelait-il ?

– Il avait perdu sa chèvre.

– Ah ! C'est Iskandar dont tu parles.

– Je ne sais pas. Il souffrait...

Elle éclata de rire.

– Mais qu'est-ce que tu as ?

– Il ne l'a pas perdue, il l'a vendue ! Le matin même avec dix-neuf autres. Le soir, il s'est trompé en recomptant son troupeau. Que veux-tu ; il a tellement de bêtes ! C'est le plus gros propriétaire de la région.

– Tu es sûre ?

– Puisque je te le dis.

Se laissant choir sur une marche du perron, les coudes sur les genoux, le menton dans les mains, Antoun contempla longuement la vallée et considéra la distance qu'il venait de parcourir.

– Tiens, le voici ! reprit la femme. Sa carriole l'attend un peu plus bas, il va passer devant nous. Une fois par semaine, pour les besoins de son commerce, il fait la tournée des villages, et c'est aujourd'hui son jour.

Bordé d'un côté par les maisons, de l'autre par le précipice, ici le chemin se rétrécissait.

L'homme avançait avec assurance, déplaçant l'air de ses larges épaules ; il portait un pantalon de toile blanche, une veste noire, une coiffe rouge.

En passant, il fit un bref salut à la femme ; puis toisa du regard cet étranger, couvert de poussière, accroupi sur le porche, comme un vagabond.

LA LONGUE PATIENCE

> « Elle est semblable à une eau très profonde, dont on ne connaît pas les remous. »
>
> *Vizir Ptahhotep,* « Enseignement au sujet des femmes », 2600 av. J.-C.

Quelqu'un grattait à la porte.

Amina posa son dernier nourrisson sur le sol, et se leva.

Abandonné, celui-ci se convulsa de rage, tandis qu'une de ses jeunes sœurs – à moitié nue, se traînant à quatre pattes – se dépêcha de le rejoindre.

Tout d'abord, la fillette demeura immobile ; fascinée par le visage minuscule de son cadet, par ses joues et son front cramoisis. Elle palpa ensuite les fragiles paupières, écrasa de son index une des larmes de l'enfant, qu'elle porta à sa bouche pour en goûter le sel. Puis elle éclata en sanglots, couvrant de ses pleurs les gémissements du tout-petit.

À l'autre extrémité de la pièce – exiguë, aux murs de terre, au plafond bas – qui composait la totalité du logement, deux aînées, les robes en loques, les cheveux épars, les lèvres recouvertes de mouches, se battaient pour une pelure de melon. Samyra, sept ans, armée d'une louche, poursuivait les poules qui fuyaient en tous sens. Son jeune frère, Osman, s'efforçait de grimper sur le dos de la chèvre qui cabriolait.

Avant d'ouvrir la porte, Amina se retourna, excédée, vers sa kyrielle d'enfants :

– Taisez-vous ! Si vous réveillez votre père, il vous battra tous.

Ses menaces étaient vaines ; sur ses neuf enfants, il y en avait toujours en train de geindre ou de crier. Elle haussa les épaules, s'apprêta à tirer le verrou.

– Qui a frappé ? demanda, la voix ensommeillée, Zekr, son époux.

C'était l'heure où les hommes somnolent dans leurs huttes, ces cubes de boue durcie et craquelée, en attendant de regagner les champs. Mais elles, les femmes, veillent toujours.

Amina dégagea la barre du crochet – les crampons dévissés tenaient à peine au bois – ; les gonds grincèrent, lui faisant serrer les dents. Combien de fois avait-elle demandé à Zekr de les huiler ! Elle tira le battant, et poussa un cri de joie :

– C'est Hadj Osman !

Hadj Osman avait fait à plusieurs reprises le saint pèlerinage à La Mecque, ses vertus étaient reconnues. Depuis des années il errait à travers les campagnes, mendiant sa nourriture, prodiguant ses bénédictions. À son passage, les maladies se terraient, les cultures reprenaient vigueur. De très loin, les villageois reconnaissaient sa longue robe noire surmontée de l'écharpe de laine kaki, dont il s'enroulait le buste et la tête.

– Tu honores notre maison, saint homme ! Entre.

Une seule visite, les vœux étaient comblés. On racontait qu'au village de Suwef, grâce à une imposition des mains, un jeune homme qui n'avait poussé que des cris de gorge depuis sa naissance s'était soudain mis à articuler. Amina avait été témoin du miracle de Zeinab, une fille à peine pubère qui terrifiait ses voisins par des crises fréquentes – se roulant dans le sable, les jambes folles, la lèvre retroussée. On fit appeler Hadj Osman, il prononça quelques mots ; et depuis lors Zeinab se tenait tranquille. On parlait même de lui trouver un époux.

Amina ouvrit plus largement la porte. La lumière inonda la pièce :

– Entre, saint homme. Tu es ici chez toi.

Celui-ci s'excusa, préférant se tenir à l'extérieur :

– Apporte-moi de l'eau et du pain. J'ai fait une longue marche, mes forces m'ont quitté.

Réveillé en sursaut, Zekr reconnut la voix. Il se hâta de remettre sa calotte et, saisissant la gargoulette par le manche, il se leva, avança dans la pénombre en se frottant les yeux.

Dès que son époux atteignit le seuil et salua le vieillard, la femme se retira.

Le battant refermé, Amina se dirigea vers son four en terre battue.

Aucune fatigue ne parvenait à lui courber le dos. Elle avait la souveraine démarche de ces paysannes d'Égypte dont la tête semble toujours porter, en équilibre, un fragile et pesant fardeau.

Était-elle jeune ? Trente ans à peine ! Mais qu'est-elle cette jeunesse, dont nul ne se soucie !

Devant le four, la femme se pencha pour tirer d'un réduit les pains de la semaine, enroulés dans une toile de jute. Quelques olives desséchées traînaient dans une écuelle, deux rangs d'oignons pendaient au mur. La femme compta les galettes, les soupesa ; les appliqua, une à une, contre sa joue pour en éprouver la fraîcheur. Après avoir trié les deux plus belles, elle les épousseta du revers de la manche, souffla dessus. Puis, les portant, comme une offrande, entre ses mains ouvertes, elle avança, de nouveau, vers la porte.

La présence du Visiteur la ravissait. Sa hutte lui parut moins misérable, ses enfants moins criards, et la voix de Zekr plus vivante, plus animée.

Au passage, elle heurta deux de ses petits. L'un s'accrocha à ses jupes, s'étira pour saisir une galette :

– Donne. J'ai faim.

– Va-t'en, Barsoum. Ce n'est pas pour toi. Lâche-moi !

– Je ne suis pas Barsoum. Je suis Ahmed.

L'ombre dans cette pièce noyait leurs visages.

– J'ai faim !

Elle le repoussa avec une bourrade. L'enfant glissa, tomba, se roula par terre en hurlant.

Se sentant fautive, elle accéléra le pas, poussa précipitamment le battant, enjamba très vite le seuil. Refermant aussitôt la porte, elle s'y adossa de tout son poids. Le visage en sueur, la bouche crispée, elle se tint immobile, face au vieillard et à son époux, aspirant l'air du fond de ses poumons.

– L'eucalyptus sous lequel je me reposais, celui qui pousse au milieu du champ d'avoine... commença Hadj Osman.

– Il est toujours là, soupira la femme.

– La dernière fois, il paraissait très chétif.

– Il est toujours là, reprit-elle. Ici, rien ne change. Jamais rien.

Ce qu'elle venait de dire lui donna une subite envie de pleurer et de se plaindre. Le vieillard saurait l'écouter ; il la consolerait peut-être ? Mais de quoi ? Elle ne le savait pas au juste. « De tout », pensa-t-elle.

– Prends ces pains. Ils sont pour toi !

La gargoulette vide reposait sur le sol. Hadj Osman prit les galettes des mains de la femme et la remercia. Il glissa l'un des pains contre sa poitrine, entre robe et peau ; et mordit dans l'autre. Il mâchait avec application, faisant durer chaque bouchée.

Flattée de le voir reprendre force grâce à son pain, Amina retrouva le sourire. Puis, se souvenant que son époux détestait qu'elle se tînt longuement hors de chez elle, elle prit congé des deux hommes en s'inclinant.

– Qu'Allah te couvre de bienfaits ! s'exclama le vieillard. Qu'il te bénisse et t'accorde sept autres enfants !

La femme se pressa contre le mur pour ne pas chanceler, s'embourba dans ses larges vêtements noirs, se cacha le visage.

– Qu'est-ce que tu as ? Tu es malade ? questionna le vieillard.

Elle ne parvenait pas à former ses mots. Enfin, elle balbutia :

– J'ai déjà neuf enfants, saint homme. Je te prie, retire ta bénédiction.

Il crut n'avoir pas compris ; elle articulait si mal :

– Qu'as-tu dit ? Répète.

– Retire ta bénédiction, je t'en conjure.

– Je ne te comprends pas, interrompit le vieillard. Tu ne sais plus ce que tu dis.

Le visage toujours enfoui dans ses mains, la femme balançait la tête de droite à gauche, de gauche à droite :

– Non ! Non !... Assez !... C'est assez.

Partout des enfants se métamorphosaient en sauterelles, s'abattaient sur elle, l'encerclaient, la transformaient en une motte de terre, inerte. Leurs centaines de mains devenaient des griffes, des orties, tiraillant ses robes, déchirant sa chair.

– Non, non !... Je ne peux plus !

Elle suffoquait :

– Retire ta bénédiction.

Zekr, pétrifié par son aplomb, se tenait en face d'elle sans ouvrir la bouche.

– Les bénédictions sont aux mains de Dieu, je n'y peux plus rien changer.

– Tu peux... il *faut* les retirer !

Avec une moue de dédain, Hadj Osman détourna la tête.

Mais elle continuait de le harceler :

– Retire ta bénédiction ! Réponds-moi. Il faut retirer ta bénédiction.

Elle serrait les poings, s'avança vers lui :

– Tu dois me répondre !

Le vieil homme la repoussa de ses deux mains :

– Rien. Je ne retirerai rien.

Elle se cabra, avança de nouveau. Était-ce la même femme que celle de tout à l'heure ?

– Retire ta bénédiction, lança-t-elle.

D'où tenait-elle ce regard, cette voix ?

– À quoi servira d'apprivoiser le fleuve ? À quoi serviront les cultures promises ? D'ici là, il y aura des milliers d'autres bouches à nourrir ! As-tu regardé nos enfants ? De quoi ont-ils l'air ! Les as-tu seulement regardés !

Ouvrant toute grande la porte de sa masure, elle appela vers l'intérieur :

– Barsoum, Fatma, Osman, Naghi ! Venez. Venez, tous ! Que les grands portent les plus petits dans leurs bras. Sortez, tous les neuf. Montrez-vous !

– Tu es folle !

– Montrez vos bras, vos épaules ! Levez vos robes, montrez vos ventres, vos cuisses, vos genoux !

– Tu refuses la vie ! s'indigna le vieillard.

– Ne parle pas de la vie ! Tu ne connais rien à la vie !

– Les enfants, c'est la vie !

– Trop d'enfants, c'est la mort !

– Amina ! Tu blasphèmes !

– J'en appelle à Dieu !

– Dieu ne t'écoute pas.

– Il m'écoutera !

– Si j'étais ton époux, je te châtierais.

– Personne, aujourd'hui, ne lèvera la main sur moi. Personne !

Elle saisit au vol le bras de Hadj Osman :

– Même pas toi !... Retire ta bénédiction ou je ne te lâcherai plus !

Elle le secouait pour le forcer à reprendre ses mots :

– Fais ce que je te dis : retire ta bénédiction !

– Tu es possédée ! Recule, ne me touche plus. Moi, je ne retire rien.

Bien que le vieillard l'eût plusieurs fois interpellé, Zekr ne sortait pas de son mutisme et de son immobilité. Puis, brusquement, il se déplaça. Allait-il se jeter sur Amina et la battre, comme il en avait l'habitude ?

– Toi, Zekr, à genoux ! À ton tour, fais-lui comprendre. Supplie ! Avec moi !

Les mots lui échappaient ! Comment avait-elle osé les prononcer, et sur ce ton impérieux ? Subitement prise de tremblements, garrottée dans ses vieilles peurs, ses doigts lâchèrent ; ses jambes s'amollissaient comme le coton. Les coudes levés pour se protéger des coups, elle se recroquevilla contre le mur.

– La femme a raison, saint homme. Retire ta bénédiction.

Elle n'en croyait pas ses oreilles. Ni ses yeux. Zekr l'avait écoutée. Zekr était là, à genoux aux pieds du vieillard !

Alertés par les cris, les voisins accouraient de partout. Zekr chercha le regard d'Amina, agenouillée à ses côtés ; la femme débordait de gratitude.

– Saint homme, retire ta bénédiction, implorèrent-ils ensemble.

Un cercle compact s'était formé autour d'eux. Se croyant soutenu par cette foule, le vieillard se dressa sur la pointe des pieds et leva un index menaçant :

– Cet homme, cette femme refusent l'œuvre de Dieu. Ils sont coupables ! Chassez-les. Sinon le malheur s'abattra sur notre village.

– Sept autres enfants ! Il nous a souhaité sept autres enfants ! Comment ferons-nous ? gémissait Amina.

Fatma, sa cousine, en avait déjà huit. Soad, six. Fathia, qui traînait toujours avec elle sa cadette aux dents rongées, à l'œil hagard, avait quatre garçons et trois filles. Et les autres ? Toutes pareilles !... Pourtant, chacune de ces femmes, craintive, hésitante, fixait Amina avec méfiance.

– Les naissances sont aux mains de Dieu, énonça Fatma, cherchant l'approbation du vieillard et des hommes.

– C'est à nous de décider si nous voulons des enfants, proclama Zekr, se relevant d'un coup.

– C'est un blasphème, protesta Khalifé, un jeune homme aux oreilles décollées. Il nous arrivera malheur !

– Chassez-les ! insista le vieillard. Ils profanent ce lieu !

Amina posa une main fraternelle sur l'épaule de son époux.

– Il faut écouter Hadj Osman, c'est un saint homme, murmurèrent des voix inquiètes.

– Non, c'est moi qu'il faut écouter ! cria Zekr. Moi qui suis pareil à vous ! C'est Amina qu'il faut écouter. Amina qui est une femme comme toutes les femmes. Comment fera-t-elle avec sept enfants de plus ? Comment ferons-nous ?

Ses joues étaient en feu. De très loin, quelqu'un reprit en timide écho :

– Comment feront-ils ?

De bouche en bouche, les mots s'enflèrent :

– Que feront-ils ?

– Plus d'enfants ! vociféra soudain une fillette aveugle, agrippée aux jupes de sa mère.

Qu'était-il advenu de ce village, de ces habitants, de cette vallée ? Hadj Osman hochait douloureusement la tête.

– Plus d'enfants ! reprirent les voix.

Sautillant entre ses béquilles, Mahmoud, l'unijambiste, s'approcha du vieillard, et lui glissa à l'oreille :

– Tu vois, ils n'en peuvent plus ! Retire ta bénédiction.

– Je ne retirerai rien.

Poussant des coudes pour se dégager de la foule, le saint homme lança des imprécations ; et d'un geste courroucé, il bouscula l'infirme qui perdit ses béquilles et roula à terre.

Ce fut le signal !

Fikhry se jette sur le vieillard.

Pour venger l'unijambiste, Zekr frappe aussi.

Salah, cinglant l'air de sa canne en bambou, approche.

C'est une sarabande de gestes et de cris. Hoda accourt avec un bout de tuyau d'arrosage. Un garçonnet arrache au sol un jalon de bois qui délimite les champs. L'aïeule casse une branche de saule pleureur et entre dans la mêlée.

– Plus d'enfants !

– Retire ta bénédiction !

– Nous n'en pouvons plus !

– Nous voulons vivre !

– Vivre !

Vers le soir, les gendarmes trouvèrent Hadj Osman étendu, face à terre, près d'une galette piétinée et d'une gargoulette en morceaux. Ils le relevèrent, époussetèrent ses vêtements et le conduisirent au dispensaire le plus proche.

Le lendemain, une rafle eut lieu dans le village. On emmena dans le fourgon gris les hommes qui avaient participé au soulèvement. La voiture pénitentiaire cahota, s'éloigna le long du chemin de halage qui mène au poste de police.

Les yeux brillants, Amina et ses compagnes rassemblées à la sortie du village fixent longuement la route.

Les nuages de poussière n'en finissent pas de se dissiper. Leurs époux ont beau s'éloigner, s'éloigner... jamais elles ne les ont sentis aussi proches. Jamais.

Ce jour-là n'était pas un jour comme les autres.

Ce jour-là, la longue patience avait pris fin.

L'ÉCHARPE

« For still there lives within my secret heart The magic image of the magic child... »

COLERIDGE

– Déjà prête, Om Jamil ! Alors, c'est ce soir qu'il vient. Tu es sûre ?

– J'ai sa lettre, rétorqua la vieille. « Ici, et du plat de la main elle tapotait son corsage.

– Que Dieu t'entende ! reprit Nejm.

Calé à flanc de coteau, le village d'Om Jamil, comme tant d'autres au Liban, embrasse d'un seul regard la Méditerranée et l'orgueilleuse montagne tendue de neige. Un ciel très rond le couronne. La route d'asphalte, dont on peut suivre le déroulement jusqu'à la côte, serpente entre pins et oliviers, borde la terre rousse ou les vignes, côtoie un monticule, des maisons, une fontaine taillée dans le roc, pour s'engouffrer enfin dans la ville qui, de si haut, ressemble à une palme ouverte sur la mer.

La pioche sur l'épaule, Nejm s'éloignait.

– Écoute, dit la vieille, tirant la lettre de sa cachette pour la lui montrer, et débitant soudain, sans lire, le contenu du message : « Ma chère Mère, dans la nuit du 31 décembre, je monterai chez toi. Nous passerons la veillée ensemble. Ton fils affectueux. Jamil. »

Elle savourait les derniers mots, s'attardant sur chaque syllabe.

– Il faut que je me dépêche, coupa Nejm. Ce soir, si je tarde, Zekyeh et les enfants vont s'inquiéter. À demain.

Il partit en fredonnant. Un peu plus loin, il se retourna pour dire :

– Heureuse veillée ! Salue Jamil pour moi.

La vieille haussa les épaules : « Je sais bien ce qu'il pense. » Il était pareil à tous les autres, tous à prétendre que son fils était un vaurien. « Il court les filles, il dilapide au jeu un argent mal acquis, il a honte de sa mère parce qu'elle n'est qu'une paysanne. » Voilà ce qu'ils colportaient. Des calomnies ! Elle savait, elle, ce que valait son fils. Ne le connaissait-elle pas mieux que quiconque ? Ils crevaient tous d'envie parce qu'il était plus malin que n'importe lequel d'entre eux.

Lui en vouloir de s'être absenté durant plus de quatre ans ? Ne fallait-il pas, au contraire, le comprendre ? Un homme qui fait des affaires a une autre vie qu'un simple habitant de village. « Dès que je pourrai, je viendrai... » écrivait-il chaque fois. Il n'avait pas menti, puisque dans quelques heures il serait là.

Malgré la distance, malgré les divertissements de la ville – surtout un soir de fête – il serait là. Et ils veilleront ensemble. Tout seul. Tous les deux.

Demain, ils feront la tournée des voisins. Elle se voyait marchant à côté de son fils ; il était beau, grand, la dépassant au moins de trois têtes. Peut-être qu'elle lui tiendrait le bras ? Elle l'imaginait, demain, avec un veston neuf, une pochette neuve, cette perle à la cravate qu'il arbore sur sa dernière photo. Ils frapperont aux portes, ensemble, pour souhaiter la bonne fête à tout le monde ; et les voisins verront bien que Jamil n'a pas honte de sa mère.

« Ton fils affectueux », murmura-t-elle, se remémorant les termes de la lettre.

Dans trois ou quatre riches maisons du village on confiait à Om Jamil les travaux les plus rudes. Elle raclait les dallages, lavait à grande eau terrasses et vérandas, lessivait les draps, frottait les vitres immenses. Maigre et noueuse comme une racine, son endurance était illimitée.

Dès qu'ils rentraient de l'école, les enfants se groupaient autour d'elle, allant jusqu'à se déchausser pour apprendre à marcher – comme elle – d'un pas égal, sur un tapis ou sur un chemin caillouteux. Elle serrait ses cheveux dans un mouchoir grenat, noué en triangle, sous lequel deux petites nattes – étroites comme des cordons – se balançaient sagement. À cause de sa peau tannée, de l'habitude qu'elle avait de chiquer du tabac, les petits l'appelaient « le dernier des Mohicans ».

Tout ce qu'elle faisait prenait l'apparence d'un rituel. Préparer l'âtre, attiser le feu... elle couchait les pommes de pin sur un tissu de brindilles, quelques fagots de bois supportaient ensuite un toit de branchages secs ; avec une allumette enflammée, elle glissait habilement la main sous cet échafaudage. Accroupie sur ses pieds nus, elle surveillait le trait de feu qui devenait flambeau, langues, tourbillons. Quoique habituée à ce spectacle, la vieille ne pouvait en détacher les yeux ; de l'index elle montrait aux enfants l'image d'un profil, d'un oiseau, d'une épée.

Mais en période de fêtes, Om Jamil ne quittait plus sa propre maison.

Il était plus de cinq heures.

La nuit filtrait à travers les couches cuivrées qui bordent l'horizon.

Les deux pièces d'Om Jamil – carrelées, ouvertes l'une sur l'autre – paraissaient reblanchies depuis la veille. On y voyait trois fauteuils couverts de housses écrues, une armoire, un vieux coffre ; une série d'images pieuses, disposées en éventail et fixées au mur par des punaises. Près de la fenêtre, sur un guéridon, un petit sapin paré de boules miroitantes et de bougies multicolores. Partout une odeur de savon, de linge fraîchement repassé.

Om Jamil déplaça la table pour la mettre bien en vue. Elle recouvrit le bois blanc d'une nappe amidonnée, disposa dessus une quinzaine de plats : de la brochette d'oiseaux jusqu'aux friandises farcies de noix et d'amandes, rien ne manquait au repas. Elle tira du garde-manger une bouteille de mousseux, l'enveloppa d'une serviette et la cala dans un pot de terre peint en rouge. Dans l'assiette vide elle déposa le cadeau, une écharpe qu'elle avait elle-même tricotée.

Dans la seconde chambre on apercevait, entrouvert, le lit du jeune homme pour qu'il n'ait plus, vers le tard, qu'à se glisser entre les draps lustrés. Un pyjama neuf reposait sur le traversin. La vieille se contenterait du matelas à ras de sol.

Les économies avaient tout juste suffi aux dépenses. Mais à quoi sert l'argent si ce n'est pour le dépenser un jour comme celui-ci !

L'horloge frappait huit coups.

Raidie dans ses vêtements neufs, Om Jamil marcha jusqu'à l'autre bout de la pièce. Comment son fils la trouverait-il ? Elle s'arrêta devant la glace, rajusta le mouchoir sur sa tête. Avait-elle vieilli ? Ses yeux étaient minuscules, elle les écarquilla, mais ne put soutenir cet effort. Elle caressa le satiné de sa blouse, brossa du revers de sa main une poussière sur sa jupe marron ; puis, elle se baissa pour tendre ses mi-bas de laine. Ses jambes étaient bien au chaud, mais ses chaussures vernies lui compressaient les pieds ; il fallait cependant les supporter pour que Jamil ne la trouve pas trop différente des femmes de la ville.

Vers neuf heures, l'horloge sonna encore.

La caisse en chêne, que la femme avait astiquée à s'en écorcher les doigts, étincelait.

Vers dix heures – pensant que son fils ne pouvait plus tarder – Om Jamil mit le front à la fenêtre.

Les maisons avoisinantes ressemblaient à des lampions. Cherchant à épargner le pétrole des lanternes et la mèche des bougies pour qu'ils donnent, plus tard, leur plein feu, la femme hésitait à tout éclairer. Trente minutes s'écoulèrent ainsi, le visage contre la vitre.

Sans savoir comment, elle se trouva, plus tard, devant sa porte ; et, tournant la poignée, elle en franchit brusquement le seuil.

L'air est glacé. Les jambes engourdies, elle s'entête à demeurer sur place, s'efforçant de percer l'ombre de son regard. Sur le chemin qui s'éloigne de la route carrossable, s'égare dans le village et monte en bordure de son jardinet, elle ne distingue personne. À l'affût du moindre bruit, elle espère le son d'un pas qui craque, une voix qui appelle ; mais elle n'entend que le vent qui s'engouffre par bouffées sous le porche, mêlé parfois aux chants assourdis et aux rires d'à côté.

Le cou tendu, elle devine plus bas l'emplacement de la chaussée d'asphalte. Y verra-t-elle le jet d'un phare ? Son fils est riche, à ce qu'on dit, il possède sûrement une auto. Avec complaisance, elle se le figure au volant de sa propre voiture. Mais la route reste noyée dans la nuit, et les collines qui l'enserrent luisent grâce aux seules maisons.

Si un voisin, à cet instant, se penche à sa fenêtre : « Venez voir, s'écriera-t-il, c'est obscur chez Om Jamil. » Alors, ils se remettront à jaser, à dire que Jamil n'est pas venu, à prétendre qu'il ne viendra plus.

Les lampes en veilleuse allongent les objets, leur font une ombre triste. Om Jamil est rentrée promptement dans sa maison. À coups de piston, elle avive les lumignons de ses deux lanternes qu'elle suspend ensuite à des crochets placés haut.

Il est plus de onze heures.

Pour que tout paraisse en fête, il faut se dépêcher. Elle cherche l'escabeau ; grimpée dessus, elle allume les bougies du sapin. Une après l'autre les mèches papillotent. Le battant entrebâillé laisse passer un vent qui transperce les reins ; mais pourquoi fermer cette porte ? D'une seconde à l'autre Jamil sera là, apercevant sa mère de dos, il avancera sans bruit, l'enlacera par la taille, l'embrassera dans le cou – il a toujours été d'un naturel farceur. Elle fera semblant d'avoir eu très peur.

L'arbre est illuminé. Les ombres jouent aux monstres emplumés, aux rosaces, aux étoiles. Personne n'a poussé la porte...

Om Jamil descend de l'escabeau ; quelle vieillesse dans les genoux ! Elle glisse la main sous son corsage pour se rassurer : la lettre est là ; elle a reconnu, au toucher, l'enveloppe, les deux timbres. Elle contourne la table, change un carafon de place, dispose autrement le cadeau. « L'hiver, il ne faudra pas te séparer de ton écharpe. » Jamil conduit certainement toutes vitres ouvertes ; elle insistera : « Il faut, mon fils, songer à te couvrir. »

Minuit moins le quart.

De nouveau sur le seuil, tenant une lanterne à bout de bras, la vieille regarde au loin. Elle a des crampes aux mains, aux mollets ; ses pieds lui font si mal qu'elle est tentée de se déchausser. Pourtant, ce n'est pas ce vieux corps qui fait le plus souffrir... Comment retenir les aiguilles de l'horloge ? « Lorsque minuit sonnera ce ne sera même plus la peine d'attendre. »

Minuit sonne.

La porte est close, le loquet repoussé. Om Jamil, l'œil vide, fixe le cadran émaillé où les deux aiguilles se séparent. Cette horloge, sa cage en bois... on dirait un cercueil.

Les cloches carillonnent. Devant leurs portes, quelques voisins font partir des fusées. On chante, on s'embrasse et l'on s'aime. C'est le début d'une année.

« Les voisins !... Demain, ils sauront tout. Que diront-ils ? Que restera-t-il de la réputation de Jamil ? »

La vieille, en marmonnant, ouvre la fenêtre ; va, revient, tourne le bouton de la radio. « Vite. Je vais faire comme si Jamil était venu. »

La voilà dans la cuisine ; ramenant un large seau elle y jette la plus grande partie du repas. Ses gestes sont si rapides qu'elle n'a plus le temps d'avoir mal. Portant le seau et une pelle, elle franchit la petite porte qui conduit aux collines. Aux abords de la pinède, elle creuse un trou, y vide toute la nourriture qu'elle recouvre ensuite de pelletées de terre.

De retour – le seau et la pelle à leur place – elle s'agite encore ; défait les draps des lits, froisse le pyjama, sépare les pantoufles.

Le bouchon du mousseux saute. La cire des bougies fait des pastilles rouges, vertes, jaunes sur le sol.

Et le cadeau ? Om Jamil coupe la ficelle, déchire le papier. Que faire de l'écharpe ? Elle se l'enroule autour du cou.

Enfin, blottie dans un fauteuil – l'aube déjà aux fenêtres – elle laisse venir le sommeil.

En fin de matinée quelqu'un frappe :

– Où est Jamil ? demande la voisine passant sa tête dans l'entrebâillement de la porte.

– Il est venu et reparti, répond promptement la vieille. Des affaires urgentes. Il n'a pas pu rester.

– C'est dommage !

– Quinze heures de voyage ! Il a fait quinze heures de voyage juste pour venir m'embrasser. Mais entre, Mansourah.

– J'ai beaucoup à faire, nous nous reverrons tout à l'heure.

– Rien qu'une seconde, insista Om Jamil. (Et la tirant par le bras elle lui montra le lit défait, le pyjama, les pantoufles :) Regarde le désordre qu'il m'a laissé. Il n'a pas changé, tu vois.

– Le désordre n'est rien, reprit la femme. C'est tout de même un bon fils.

– Oui, c'est un bon fils.

– Je suis contente pour toi, Om Jamil.

– Vois comme il a mangé !

– Eh oui, il t'a fait honneur. Il y avait, dans ton garde-manger, de quoi nourrir toute une famille.

– C'est un gaillard !

– Que Dieu te le garde. Mais à présent, je te laisse ; les fêtes, ça double le travail.

– Comme nous avons bavardé, comme nous avons ri, tous les deux !

Elle insistait sachant que l'autre ne tiendrait pas sa langue.

– Ça te fera de beaux souvenirs.

– Oui, de beaux souvenirs.

– En vérité, rien ne remplace un fils.

– Rien...

Avant de passer le seuil, Mansourah demanda :

– Qu'est-ce que tu portes autour du cou ? Je n'ai jamais vu cette écharpe.

– Ça ?... Mais c'est le cadeau...

– Quel cadeau ?

– Le cadeau que Jamil m'a apporté.

– C'est une belle écharpe, et ça te tiendra chaud.

– Mon fils a toujours eu du cœur.

Ayant atteint la dernière marche la voisine l'interpelle encore :

– Viens chez nous à cinq heures. Il y aura les amis, la famille... Tu nous raconteras tout.

– Je viendrai.

Quittant le jardinet, Mansourah répète :

– Viens à cinq heures... Et puis, mets ton écharpe, tu pourras la montrer à tout le monde.

Plus loin, elle se retourne encore :

– À tout à l'heure. Surtout, n'oublie pas l'écharpe... Ça fera taire les mauvaises langues.

LA PUNITION

L'institutrice était insomniaque.

À trois heures du matin, avant l'aube d'une journée torride, elle allumait sa lampe de chevet et se levait.

Pieds nus, dans sa chemise de nuit à fines rayures mauves, elle traversait la vaste chambre que nous partagions pour se diriger vers le lit où je dormais du profond sommeil de l'enfance.

Tournoyant autour de ma couche, elle y tissait – de ses pas légers et têtus – une danse étrange, en forme de nasse. L'obstination aiguë de son regard traversait la couverture bleue dont je m'enveloppais la tête, transperçait le duvet des rêves ; m'arrachait, par lambeaux, à la nuit, me forçant à me redresser, à m'asseoir, tout engourdie, hors du moutonnement des draps.

– Évidemment, tu dormais !

J'en restai muette. Elle insista :

– Et tes leçons ?

Les mots continuaient de me fuir. J'enviais mon jeune frère, en pension à l'étranger, loin des humeurs et des assauts de « Mademoiselle ».

Mes parents menaient une existence éparse et mondaine qui ne leur laissait guère le temps de s'inquiéter de ma vie. En me dotant d'une institutrice à domicile, ils étaient persuadés de faire au mieux pour mon éducation. Cette femme omniprésente s'occuperait de l'enfant chétive que j'avais toujours été, et me faciliterait le peu d'heures laborieuses que je passais dans un cours.

Le maintien digne de Mademoiselle, ses yeux douceâtres et délavés, ses cheveux ternes, ses vêtements stricts, ses chaussures à lacets les rassuraient. Ils me confièrent à elle et disparurent – jeunes, beaux, désinvoltes – dans leur tourbillon de soucis et de plaisirs.

J'avais onze ans et le cœur aux abois ; prête à aimer, à me faire aimer du premier venu. Mais soudain, face à l'institutrice, quelque chose se bloqua.

Son visage aurait pu m'attendrir par sa pâleur, ses yeux par leur tristesse, ses mèches molles – retenues par des barrettes en écaille – par leur abandon. Mais il y avait cette bouche, ces lèvres ; ou plutôt l'étroitesse de cette bouche, la minceur de ces lèvres... Ce trait impitoyable, taillé dans la chair, me glaça.

– Lève-toi !

J'étais debout. Ses cheveux que les bigoudis avaient changés en serpenteaux, son regard fixe m'effrayèrent. Elle poussa du pied, dans ma direction, mes sandales blanches.

– Mets-les avant de prendre froid.

J'aimais la fraîcheur du carrelage sous mes pas :

– C'est l'été.

– C'est l'été qu'on attrape mal, petite sotte !

Mademoiselle leva le bras pour me frapper, mais retint du même coup son élan. L'effort qu'elle fit pour se maîtriser la secoua de tremblements.

Notre logement était séparé du reste du spacieux appartement par un très long couloir. Dans la chambre attenante, la présence de mon frère – une boule de muscles – qui aurait crié, trépigné à la moindre menace, me manquait cruellement.

Nous habitions en plein Caire, au septième et dernier étage d'un immeuble vétuste et cossu. Nos portes-fenêtres s'ouvraient sur une immense terrasse en rotonde, à ciel ouvert, qui donnait sur le voisinage et surplombait une partie de cette capitale poussiéreuse et magique.

S'étant assise, le dos raide, dans la bergère de velours, Mademoiselle maugréa contre ce climat malsain. Régulièrement elle se demandait ce qu'elle était venue faire dans ce pays de désordre et d'épidémies, elle qui avait passé sa jeunesse dans une ville pimpante au pied des cimes savoyardes.

Elle me fit signe d'approcher :

– J'ai des crampes. Masse-moi les jambes.

Je m'agenouillai, en butte à des sentiments contradictoires. Révoltée par cette tyrannie, j'étais en même temps bouleversée par une souffrance intime, un drame qui hantait l'institutrice et que je ne parvenais pas à saisir.

Je frottais ses pieds noueux avec un liniment à odeur d'eucalyptus qu'elle venait de me tendre. Je m'efforçais de dissoudre la rigidité des tendons, d'assouplir les muscles du mollet.

Peu à peu, j'étais toute à mon emploi :

– Ça va mieux ?

Brusquement, elle retira ses jambes :

– Ça suffit !

Je me levai et me dirigeai rapidement vers mon lit, impatiente de m'y pelotonner.

– Ta leçon de chimie ?... Il faut me la réciter, maintenant !

Elle m'assaillit de questions, m'abreuva de formules auxquelles je ne trouvais pas de réponses.

– Rien, tu ne feras jamais rien de ta vie ! Un âne, voilà ce que tu es. Un âne !... Eh bien, je te réserve une surprise.

Elle avait subitement pris un air de jubilation, avant de disparaître derrière le rideau de cretonne.

Quelques secondes plus tard, elle reparut ; affublée d'une mallette brune qu'elle posa devant moi, sur la table basse.

Je me souvenais de l'avoir vue ouvrir et fermer cette mystérieuse cassette ; y entasser des objets tranchants, lames, ciseaux ; y fourrer une corde, des bouts de fil de fer.

– Ouvre bien les yeux, tu vas voir...

J'étais pétrifiée. Incapable de pousser le moindre son, le moindre appel au secours. D'ailleurs, qui aurait pu m'entendre ?

– Tu vas voir !

Ses traits s'épanouirent. Ses yeux bleuâtres virèrent au bleu. Ses narines palpitaient, ses mains s'agitaient, son teint rosissait. Elle en devenait presque plaisante à voir. Pour la première fois, elle me sourit.

D'un sourire, bientôt d'un rire, sans lèvres...

C'était, de nouveau, terrifiant.

Avec des mimiques de magicien, Mademoiselle tira du fouillis un objet écarlate, qu'elle m'exhiba en l'agitant.

Je finis par découvrir un bonnet de satin rouge, surmonté de deux énormes oreilles d'âne, rigides et taillées dans le même étincelant tissu.

– Vois-tu, ma petite fille, puisque tu es ignare, voilà ce qui t'attend !

Je ne savais pas où elle voulait en venir. Je me cabrai d'abord. Puis, retrouvant mes esprits, je cherchai à négocier et proposai, à la place de l'obscure chimie, la récitation de quelques fables de La Fontaine, l'énumération des victoires de l'Empire, la description d'un département français ou celle de l'Égypte, ce « don du Nil » !

– Qui commande ici ?

Je baissai la tête. Mais, en dépit de ce geste de soumission, quelque chose naissait en moi. Quelque chose d'indomptable et de rebelle se frayait passage dans ma conscience à mon insu.

– J'ai fabriqué ce bonnet d'âne tout exprès pour toi. J'y travaille depuis des semaines. Il y a quinze jours, j'ai mesuré ton tour de tête, te rappelles-tu ?... À présent, tu as le choix : tu apprends ta leçon et tu me la récites dans une heure, ou bien tu mets cette coiffe et je t'expose au balcon. Les voisins te verront de partout. Tu seras la risée du quartier.

Son rire éclata, découvrant des dents jaunâtres et cariées :

– Choisis !

Calmement, je me suis dirigée vers elle et, dans un geste de bravade, je lui ai pris, sans hésiter, le bonnet des mains.

Puis, face au miroir, je l'ai calé sur ma tête, l'enfonçant jusqu'aux oreilles.

Elle me fixait, ébahie.

J'emportai ensuite un tabouret sous le bras et je sortis sur la terrasse.

Enfin, plaçant le siège tout au centre du dallage, je grimpai dessus et m'y tins immobile, le buste redressé, la tête haute, bravant la cité.

L'aube ne tarda pas à m'environner de ses clartés flamboyantes.

Dans l'immeuble d'à côté, un visage matinal m'aperçut et battit le rappel. Bientôt d'autres voisins avec leurs enfants se pressèrent aux fenêtres. Ceux des terrasses, où vivent entassées les familles les plus pauvres, accoururent jusqu'au bord du parapet pour me contempler.

Derrière moi, je percevais la voix, soudain fluette, de ma gouvernante :

– Rentre. Ça suffit comme ça.

J'étais vissée sur ma chaise. Rien ne m'en aurait délogée.

Toute honte bue, toute crainte dépassée, toute timidité rompue, je me sentais bien. Je me sentais libre !

La vie venait de basculer. Je me découvris des forces inconnues. À l'épreuve, je soutenais le choc, je m'insurgeais ; je pouvais affronter tous les dragons !

Le soleil se ruait sur les dalles. Tout autour les enfants applaudissaient au spectacle. J'en aurais chanté de bonheur. D'ailleurs, je chantais. À tue-tête, je ne sais plus quoi !

En plein désarroi, Mademoiselle me rappela, la voix de plus en plus craintive, de plus en plus menue.

Je résistai encore.

Puis, soudain : j'entendis des sanglots.

Je sautai alors d'un bond au bas de ma chaise et me précipitai vers ma chambre.

L'institutrice était en pleurs.

Je m'approchai, bouleversée par ses larmes. Dressée sur la pointe des pieds, j'essayais de l'attirer dans mes bras.

– Non, il ne faut pas pleurer. Il ne faut pas.

– Si tu savais...

– Quoi ? Qu'est-ce que c'est ?

Elle répéta :
– Si tu savais, si tu savais...
Sans comprendre, je finis par répondre :
– Je sais. Ne pleurez plus.
Ma réponse l'apaisa.
Le bonnet d'âne était tombé à nos pieds. Je le ramassai et le gardai serré contre ma poitrine. Elle ne chercha pas à me le prendre.
Comme s'il s'agissait d'un secret, enfin partagé, elle murmura :
– Garde-le, en souvenir de moi. Pour toujours.

Peu de temps après, Mademoiselle nous quitta sans explication. À mon grand soulagement, on me mit en pension.
Des années plus tard, j'appris que l'institutrice, emportant son secret, avait fini ses jours dans un asile, au creux de sa paisible vallée.
Au fond d'une armoire et de ma pensée, j'ai toujours conservé l'étrange coiffe.
Je lui dois beaucoup. Beaucoup.

À ma mère

LE VERBE ET LA CHAIR

Cela ne pouvait plus durer ! Son esprit gambadait toujours, son cœur ne s'émoussait pas, son âme faisait peau neuve, sa parole était libre ; pourtant, quelque chose en Julia se heurtait au vieillissement, se murait entre les parois de sa chair.

Se précipiter à la rencontre d'un ami, sauter des repas, traverser les continents, enjamber les nuits, s'éprendre d'un visage, se fondre dans la danse... À présent, tout cela faisait craquer l'enveloppe. Elle se sentait peu à peu réduite à l'impuissance.

Non, elle ne s'y ferait pas ! Elle ne mettrait ni ses sentiments, ni ses sensations, ni ses élans en sourdine. Elle refuserait d'apprendre à se défier d'elle-même et des autres, comme on le lui conseillait.

D'une part, il y avait ce corps assagi et tranquille. De l'autre... Comment nommer ce rebelle, tantôt ingénu, tantôt raisonneur ? Ce tissu de mémoires et de désirs, ce souffle qui croît sans s'user, qui s'éteint puis se ranime ?

Jusqu'à dernièrement, corps-esprit vivaient à l'unisson. Maintenant ils étaient deux. Trop large ou trop serrée, la forme ne convenait plus. Celle-ci se cramponnait, s'essoufflait à vouloir suivre.

Accumulant rides et fêlures, additionnant défaillances et infirmités, son corps trahissait tout ce qui en Julia demeurait viable, palpitant, juvénile. Il ne lui restait plus qu'à s'en débarrasser !

– Te passer de moi ?

La question fut posée sur un ton malicieux, incrédule. Mais Julia était décidée. Sa résolution était prise, elle ne céderait pas.

Alors, doucement, ce corps se mit à geindre comme un chien fidèle qui sent que l'on va l'abandonner, qui s'accroche à vos pas, plante ses griffes dans vos jupes.

– Laisse-moi. Je suis libre, je ne t'appartiens pas. Je me tire !

– Soixante-seize ans de vie commune ! se plaignait l'autre. Voilà ce que tu en fais !

Qu'il les assume tout seul, ses soixante-seize ans ! Il en portait d'ailleurs tous les stigmates.

Julia se détourna, évita le miroir. Son image chantait faux ; elle la savait dissonante, désaccordée.

Piégée par cette forteresse de chair, la femme s'y sentait comme un merle captif d'une maison en ruine ; comme une truite hors d'eau, rejetée sur les planches pourries d'une péniche.

Les preuves de la nature ne la convainquaient pas. Ce corps avait vieilli sans son intervention. Elle le refusait en bloc.

– Que vas-tu faire ?

– Me trouver un physique approprié !

Dès qu'elle eut fini de prononcer ces mots, Julia s'extirpa de son corps comme d'un vêtement usagé.

Celui-ci s'effondra sur le sol en des dizaines de plis grisâtres.

À observer ce petit tas obscur, amassé au pied de l'armoire à glace, elle eut un frisson de pitié ; mais elle résista à l'impulsion de le rejoindre, de s'y engouffrer à nouveau.

Ce vieil accoutrement ne pourrait rivaliser avec ceux qui lui seraient bientôt offerts, et parmi lesquels elle n'aurait plus qu'à choisir.

C'est ainsi que Julia s'en fut, légère et délestée, vers le lieu dit.

C'était un hangar bleuâtre qui ne payait pas de mine. Il se dressait au bord d'une falaise coupante et sans atours qui, plus bas, s'incrustait verticalement dans une mer immobile.

Un sésame, dont elle connaissait mystérieusement le secret, fit que la porte s'ouvrit à deux battants sur une salle énorme, jaune, aseptique ; emplie d'une musique tantôt grave, tantôt impétueuse.

D'un pas assuré, Julia y pénétra.

Une trentaine de figures féminines – qu'elle savait vacantes, inhabitées – tournoyaient au même rythme, avec les mêmes gestes harmonieux et lents.

Julia se faufila au milieu de la ronde, se mêla, invisible, à leur danse ; se donnant tout le temps d'observer et de choisir.

Deviendrait-elle cette fillette aux cheveux roux, à la taille cambrée et fine, aux jambes élancées ?

Serait-elle la jeune fille au torse athlétique, aux jarrets solides, ou bien cette femme aux hanches étroites, aux seins hauts et menus ? Ou encore cette autre, d'une belle quarantaine, au teint délicat, au galbe exemplaire, aux épaules douces, au sourire suave ?

Graduellement, comme poussées à disparaître par un ordre tacite et absolu, les moins attrayantes (c'était bien la beauté plastique que Julia recherchait) s'étaient évaporées l'une après l'autre.

Il ne restait plus que ces quatre-là : avec leurs corps en jachère, leur chair intacte, leurs regards absents.

Laquelle de ces formes Julia allait-elle revêtir ?

Elle jeta d'abord son dévolu sur la fillette.

Réunies, elles se dirigèrent vers une porte-fenêtre entrouverte, qui donnait sur le chemin des plages.

C'était un sentier raide et caillouteux, qu'elles dévalèrent ensemble avec entrain et agilité, en chantonnant. Ce parcours à tire-d'aile activait la brise, faisait surgir sur la peau des perles de sueur, procurait un éclatant plaisir.

Mais, au bout d'un certain temps, ces pas redoublés, cette course entre les rochers, cette gesticulation de nageuse parmi les vagues, l'exclusion de toute pause, de tout repos exténuèrent Julia.

Le bonheur animal que ce jeune corps éprouvait au contact du sable, de l'air, de l'eau lui parut trop hâtif. Moins riche, moins nuancé que ce contentement qu'il lui avait été donné de ressentir du fond de son ancienne peau.

Découragée par cette brouillonne et remuante compagnie, Julia ne tarda pas à en prendre congé.

La jeune gymnaste étirait sa colonne vertébrale, exerçait ses abdominaux en attendant son tour.

Bien que l'habitat fût ferme, salubre, Julia s'y sentit à l'étroit.

Elle se crut reléguée dans un coffre, encerclée par un réseau de muscles qui laissait peu de place aux chimères, à la flânerie.

Elle ne supporta pas longtemps cette contrainte, et d'un grand saut s'en libéra.

Julia séjourna plus patiemment à l'intérieur du troisième corps.

Elle se délecta de la minceur de ces hanches – les siennes avaient toujours eu tendance à l'ampleur – autour desquelles flottait, sans contrainte, une jupe en mousseline multicolore. Elle se réjouit de la fermeté de ces seins qui tenaient seuls sous le maillot en peau de soie ; s'enchanta de la longueur, de la minceur des cuisses, de la souplesse de cette nuque, de la mobilité de cette tête aux cheveux courts, bouclés et blonds.

Bref, elle s'y plut, tout en éprouvant un sentiment croissant d'étrangeté. Peu à peu, ce malaise la poussa à la séparation.

Pour l'ultime essai, Julia se dirigea vers la dernière figure. Celle-ci se tenait tranquille, adossée au mur jaune.

En l'approchant, Julia songea cette fois à y élire son domicile définitif. Cette figure, d'un peu plus de quarante ans – qui semblait allier plénitude et conscience, espoir et discernement –, lui conviendrait. Elle s'y glissa d'un trait ; sans effort.

À l'intérieur, elle n'y trouva aucune servitude, aucune cloison.

Sans que la chair se soit délitée, la maturité avait adouci les angles, apaisé les passions. Ce corps à la crête de sa forme percevait cependant, en sourdine, les avant-signes de l'hiver. Cette fragilité consentie lui conférait encore plus d'attrait.

Pour lui, l'horizon s'était quelque peu rétréci ; mais rien n'était encore conclu. Le hasard restait jouable ; les chemins demeuraient ouverts, les rencontres possibles, l'amour conservait ses chances.

Le choix de Julia paraissait irrévocable.

Elle se dilua, avec délices, dans cette nouvelle apparence, laissant flotter, à la dérive, dans un tranquille abandon, ses pensées et ses souvenirs. Ceux-ci se disséminaient, se dissipaient ; allaient se perdre ailleurs, au loin.

Toutefois, par moments, Julia se sentait trop vite emportée par le courant d'un fleuve d'une autre nature. Elle cherchait alors à se retenir ; comme si elle craignait qu'au fur et à mesure ce flux, cette navigation ne lui fassent perdre sa propre marque, sa propre unité.

Elle fit deux ou trois timides tentatives pour se raccrocher à des fragments de son existence, à des parcelles de son ancien visage. En dépit de ses efforts, sa mémoire se laissait fatalement entraîner vers la dissolution.

Glissant vers un « andante » de plus en plus accompli, la musique serra les liens, scella l'union entre Julia et le corps dont elle s'était revêtue.

Le temps passé à toutes ces transformations était difficile à mesurer. Cela avait sans doute duré plusieurs heures, car l'après-midi se teintait déjà de pénombre.

La glissade vers la nuit, vers l'oubli provoqua soudain un choc, une explosion au fond de Julia, auxquels elle ne se serait pas attendue. D'un coup, elle se rappela son vieux corps, gisant au pied de l'armoire à glace.

De ce corps, dont elle s'était débarrassée comme d'une défroque, émergeait une chanson tendre et triste. L'image et la plainte, déchirantes, la remuèrent jusqu'aux entrailles.

Sentant que cette vision d'elle-même reculait, s'amenuisait, allait bientôt disparaître, Julia ne songea plus qu'à la soustraire à l'anéantissement. De tout son être, elle chercha à rompre la distance ; à retenir ce vieux corps, en s'y rattachant.

Elle pensa, avec émotion, aux veines bleutées de ses mains, de ses cuisses ; aux taches de son éparpillées sur ses bras et son cou ; à toutes ces rides venues insensiblement. Ils avaient eu, ensemble, elle et ce corps, le privilège de vivre tous leurs âges, tandis que tant d'autres mouraient avant l'heure... De quel droit le larguait-elle ainsi ?

Il fallut à Julia une intense énergie pour bondir hors de sa nouvelle peau.

Cette première opération venait de réussir ; tandis que, soudain privée de ressort, la figure désertée titubait.

En chancelant, celle-ci avança en direction du mur jaune, contre lequel elle prit mollement appui.

Julia chercha fébrilement la sortie.

La porte-fenêtre qui donnait sur le chemin des plages s'était effacée. Elle ne trouva nulle trace de la porte d'entrée, ni d'aucune autre issue.

Craignant que, là-bas, son corps ne s'épuise à l'attendre, elle s'affola, tournant en rond, cognant les murs lisses et glacés.

Rassemblées, les quatre « figures à l'essai » avaient repris leur ronde. Malgré leurs regards vides, elles semblaient, encore, inviter Julia à se mêler à leur danse, à conduire leurs mouvements.

Mais celle-ci ne songeait qu'à fuir.

Rien, soudain, n'avait plus de prix que sa belle vieillesse qui s'éteignait, sans elle, au loin !

Si elle retrouvait son corps, elle se promettait de courir vers lui, de s'y fondre à jamais. L'un et l'autre savaient les obstacles traversés, les chemins accomplis, les ressources de la mémoire, les ultimes lueurs de l'espérance.

Mais la salle jaune, emplie d'une musique tenace, obstinée, qui sonnait creux, demeurait hermétiquement close.

Subitement, quand elle avait cessé d'y croire, une énorme brèche s'ouvrit dans le mur.

Là, face à elle, en vis-à-vis, Julia reconnut son corps. Il l'attendait.

Il semblait avoir fait un effort sur toute sa personne pour se présenter ainsi : droit comme une flèche, la nuque redressée, la chevelure abondante et souple, l'œil luisant.

– Je te suis revenue, dit Julia.
– Je le savais, reprit l'autre.

Alors, ils partirent, ensemble, d'un même et formidable éclat de rire, qui fut comme l'heureux auspice de leur dernier parcours.

Pour Marianne Auricost

L'APRÈS-MIDI DU MAJORDOME

– Harvey, vous m'accompagnez ? appela la voix venue du jardin.

Le majordome fit semblant de ne pas entendre et se tourna vers Madame la baronne, dans l'espoir que celle-ci trouverait rapidement quelque motif pour le retenir au château.

Chaque après-midi, celle-ci s'asseyait devant sa table de bridge, recouverte d'un tapis vert et de cartes à jouer. Elle avait l'habitude de ces longues parties solitaires, qu'elle nommait tantôt « patiences », tantôt « réussites », selon la chance ou la malchance du moment.

– Vous êtes prêt, Harvey ? reprit la voix lointaine.

Le vieux majordome espérait encore que Madame Gabriella lui ferait signe d'approcher ; elle le faisait souvent, pour qu'il vienne la tirer d'une impasse dans le jeu. Il lui indiquait alors une levée ; lui montrait une nouvelle combinaison ; déplaçait une reine, un roi, un pique, un cœur...

Durant les temps morts de son service, situés entre les repas, Harvey rôdait constamment à distance d'oreille de la joueuse, à l'affût du moindre de ses signes. En attendant, il s'occupait à de petites besognes. Il replaçait un objet qu'un valet négligent avait posé de travers ; il redressait un bouquet de fleurs dans son vase ; il abaissait les stores en été, rehaussait le chauffage en hiver ; interrompant tout dès l'instant qu'elle faisait appel à lui, avec son léger accent italien. C'était soit pour sauver la partie de cartes, qui courait vers sa perte, soit pour lui apporter une boisson ; ou bien encore pour répondre au téléphone en prétendant qu'elle était sortie. Ces menus services ne correspondaient pas à ses fonctions de majordome, mais il s'en acquittait avec élégance et sans déplaisir.

– Alors, on y va, Harvey ?

La baronne Gabriella avait-elle, cette fois, entendu la voix de son fils qui se rapprochait ?

Lassé d'attendre, celui-ci venait d'apparaître sur le seuil du salon de jeu.

À son arrivée, elle ne réagit d'aucune manière, ne levant même pas les yeux de sa partie. Harvey en était stupéfait. Jusqu'au dernier instant il s'était persuadé qu'elle s'opposerait au projet du jeune baron, du moins en ce qui le concernait, lui, son majordome. Elle aurait pu trouver mille prétextes pour le garder auprès d'elle : la longueur des après-midi d'été dans la maison déserte ; les convives qui venaient dîner ce soir-là ; la responsabilité de la table qui incombait, en premier lieu, à Harvey.

Le majordome avait beau tourner vers elle son regard interrogateur, Madame ne bronchait pas. Apparemment captivée par son jeu, apparemment en veine, elle livrait avec étourderie Harvey à son fils, cet enfant unique et chéri dont elle n'ignorait cependant ni le caractère impétueux ni la nature fantasque.

– Ma mère est tout à fait d'accord, prononça enfin le baron Raphaël devant l'hésitation du majordome. Je lui en ai parlé ce matin.

Son dernier recours anéanti, Harvey savait qu'il ne lui restait plus qu'à s'exécuter. Il envia les autres domestiques. Jamais il ne serait venu au jeune homme l'idée de leur faire la même proposition !

Le majordome enveloppa d'un regard mélancolique le petit salon bleu, le puissant chêne vert que l'on apercevait à travers la fenêtre du coin ; la joueuse discrètement fardée, aux cheveux noirs amassés en chignon, gracieusement épanouie dans sa florissante cinquantaine.

Il aurait tellement souhaité qu'en cette seconde elle le priât – comme elle l'avait fait une fois, jadis – de s'asseoir en face d'elle pour « faire le mort » ! Cela avait été dans le but de l'initier à quelques rudiments de bridge ; mais les complexités de ce jeu avaient très vite rebuté Madame Gabriella.

Le jeune baron s'impatientait.

Il portait un pantalon de golf en serge beige, de hautes chaussettes en épaisse laine jaune à carreaux. Ses chaussures en box-calf étincelaient ; il s'en occupait exclusivement, les cirant, les lustrant chaque matin, avec application. Sa veste, sa casquette étaient en cuir fauve.

Raphaël avait vingt-deux ans. Il était beau, comme on l'est sur ces portraits au pastel du temps passé : un teint clair, des joues colorées, les yeux « vert vénitien » de sa mère, les cheveux de blé de son père d'origine bretonne, mort d'une chute de cheval peu après la naissance de l'enfant. Il avait un profil « de race », le nez busqué, une bouche aux lèvres vermeilles qui hésite entre la morgue et la cordialité, l'ironie et la tendresse. Au majordome, entré au service de Madame la baronne dès son veuvage, Raphaël parlait tantôt en maître, tantôt en enfant cajoleur.

Harvey avait vu grandir le jeune baron, il s'y était attaché. Il lui reconnaissait une nature diverse et sensible ; fougueuse, parfois violente, mais dépourvue de calcul. Périodiquement préoccupé du malheur des hommes, il pouvait, dans le même temps, s'engager dans les dépenses les plus folles, dilapidant des sommes énormes – dont il disposait depuis sa majorité – pour des affaires inconsidérées, des plaisirs, des caprices dont il se lassait très vite.

Quel besoin avait Raphaël, en cet interminable après-midi de juin, d'entraîner avec lui le vieux serviteur ? Était-ce pour renouer ces liens de familiarité qui avaient, jadis, lié l'enfant – durant leurs longues randonnées à bicyclette et leurs parties de chasse ou de pêche – à celui qui aurait eu l'âge d'être son grand-père ? Était-ce plutôt pour pratiquer l'anglais, langue native du majordome, devenu indispensable même à l'intérieur de l'Hexagone ?

Harvey n'avait jamais cherché à profiter de cette ancienne intimité. Il appréciait que chacun garde son rang, cet ordre hiérarchique l'autorisant à se prévaloir de sa supériorité vis-à-vis de tous les autres « gens de maison ».

Le majordome exerçait sa fonction avec patience et délicatesse. Par l'âge – soixante-dix ans depuis peu –, par la durée de sa charge, par son traitement, par son habit en drap d'ébène, aux basques arrondies et pendantes, qui, sauf pour le papillon noir à la place du blanc, ne se différenciait en rien de celui des maîtres, Harvey était le chef incontesté de la maisonnée.

Raphaël s'était approché. D'un geste chaleureux, il venait de saisir le majordome par le bras :

– On y va, tous les deux, ensemble ?

Dès qu'il se mit en mouvement, Harvey crut percevoir les roucoulades ténébreuses des colombes en mal d'amour ; mais était-ce bien la saison ? Au passage des deux hommes, des roses thé, piquées dans le vase de Sèvres, perdirent, subitement, tous leurs pétales ; ceux-ci retombèrent, en masse, sur le tapis d'Ispahan.

– Laissez ça pour le moment, Harvey. Vous les ramasserez au retour.

La pression de la main du jeune homme autour de son bras ne se relâchait pas.

Au loin, deux bergers allemands, gardiens des lieux, se mirent à aboyer comme pour prévenir de l'approche d'un visiteur alarmant. Le chat noir bondit à l'intérieur par la croisée ouverte. Le majordome, qui ne croyait ni aux présages ni aux divinations, s'étonnait que ces petits signes lui étreignent ainsi le cœur.

– Je monte changer de veste, murmura-t-il, cherchant à retarder le départ.

– Vous êtes très bien comme ça, Harvey.

– Mais dans ce costume...

– Allons, ne protestez pas, votre habit vous va si bien. Il donnera encore plus de solennité à l'événement.

« Plus de solennité à l'événement ? » L'expression retentit comme un glas ! Harvey s'imagina, vêtu de noir, ganté de blanc, arpentant sans fin d'interminables allées bordées de cyprès.

Ne s'avisant de rien, transporté de joie à l'idée de ce qui l'attendait dehors, et de la surprise réservée au majordome, Raphaël le conduisait toujours d'une main ferme et décidée.

Ils étaient sur le point de quitter le premier salon quand la voix de la baronne se fit soudain entendre :

– C'est bien de garder votre habit, Harvey ; vous n'aurez pas à vous changer au retour. N'oubliez pas le dîner de ce soir. Vous serez là avant vingt heures, n'est-ce pas ?

– Si Dieu le veut, répliqua le majordome.

Qu'est-ce qui lui prenait d'invoquer le nom de Dieu ? Ce n'était guère dans ses habitudes non plus. La plupart du temps, il laissait Jéhovah trôner, là-haut, dans un Panthéon classique en compagnie de Zeus et de Jupiter. Puisant depuis des années, avec la permission de Madame Gabriella, dans la bibliothèque de feu Monsieur le baron consacrée à l'antiquité gréco-latine, Harvey, le seul dans la maison à s'y intéresser, avait acquis en ce domaine de solides connaissances.

Pour l'instant, il venait hélas de comprendre qu'il ne servait plus à rien de résister et qu'il ne lui restait plus qu'à avancer vers le dénouement de toute cette affaire. Dès le début de l'après-midi, les dés avaient été jetés ; il ne lui était offert aucune chance de s'en sortir.

Les deux hommes franchirent le seuil du salon, traversèrent d'un pas plus vif la pièce attenante, puis le grand salon. Leurs semelles claquaient, à présent, sur le sol en marbre de Carrare de l'entrée.

L'immense panneau de glace refléta, l'espace de quelques secondes, leurs hâtives silhouettes. L'élégante excentricité de l'une, la sobriété de l'autre, parurent au majordome conformes à l'image que présentaient traditionnellement maître et valet.

Ils descendirent, ensemble, les neuf marches du perron.

Se retournant une dernière fois vers la façade du château, Harvey se souvint de ces algues désespérément agrippées aux rocs tandis que l'océan les assaille, cherchant à les emporter en haute mer. C'était, du temps de son enfance, une modeste plage au bord de l'Atlantique, qu'il fréquentait avec ses grands-parents. Situé tout au bout de la péninsule des Cornouailles, ce lieu se nommait « Land's end[1] ».

Cette évocation redoubla la tristesse et les craintes du majordome.

Quand ils furent parvenus à la dernière marche du perron, le baron Raphaël lâcha soudain son bras :

– Maintenant, regardez, Harvey ! s'exclama-t-il, ébloui. Regardez !

Au milieu du rond-point recouvert de gravier, sous un soleil emphatique, se présentait l'engin.

C'était une machine écarlate, au capot, aux ailes allongés et polis, aux larges pare-chocs, aux quatre phares miroitants. Un cabriolet sport, hautement cylindré, au toit découvert.

Le jeune baron en déclina fièrement la marque, cita le nombre de chevaux, la puissance du moteur, l'embrayage automatique. Appellation et inventaire laissèrent Harvey de glace.

Raphaël fit le tour de la voiture en gambadant. Dès qu'il se trouvait en plein air, le jeune homme retrouvait ses habitudes enfantines, comme pour contrebalancer le pas mesuré qu'il s'imposait à l'intérieur de la prestigieuse demeure.

1. Fin de terre.

Ouvrant ensuite, largement, la portière gauche du cabriolet, il convia Harvey à pénétrer :

– Venez par ici, Harvey. Je vous veux à côté de moi. Vous n'avez pas peur de la « place du mort », au moins ?

Ne voulant en aucun cas passer pour un timoré, le majordome prit sur lui. Abandonnant sa mine renfrognée, il sourit d'un air satisfait au jeune baron et s'assit sur le siège indiqué.

Installé au volant, Raphaël lui fit admirer le tableau de bord en palissandre ; la boîte à gants, la radio, le cendrier incorporés :

– Heureusement, nous ne fumons ni l'un ni l'autre. Nous vivrons longtemps !

– Heureusement, répéta Harvey.

Après avoir mis le contact, et tandis que le moteur tournait, le jeune homme plaça une cassette dans le transistor :

– La *Pastorale* de Beethoven, dit-il avec exaltation. C'est tout à fait ce qu'il nous faut pour parcourir la campagne dans la splendeur de juin !

– Tout à fait, reprit Harvey.

La voiture démarrait en douceur.

– Pas de ceinture ! déclara le jeune baron. Jusqu'à quand nous traitera-t-on comme des incapables ?

– Pas de ceinture, ratifia le majordome.

La voiture prit de la vitesse.

Escortés par la *Pastorale*, vallées, coteaux, champs, villages glissaient de l'avant à l'arrière.

Dans la glace du rétroviseur, en une suite ininterrompue, les panoramas s'incurvaient, se réduisaient, reculaient, fuyaient au loin pour disparaître, comme sur une pellicule de film. À chaque instant, telles des vies en raccourci, les paysages accouraient du futur au présent, se ruaient vers le passé, remplacés par d'autres.

Raphaël venait de ralentir. Il changea plusieurs fois de vitesse, avant de prendre un nouvel élan :

– Quelle reprise ! précisa-t-il. Vous sentez comme le moteur est nerveux, Harvey ?

Cette fois, il accéléra. La main gauche au volant, il pressa de l'autre sur un premier bouton pour faire gicler l'eau jusqu'au pare-brise ; sur un second pour mettre l'essuie-glace en mouvement.

La route était large, libre, lisse. Les virages, nombreux, lui procuraient un véritable ravissement.

– N'ayez pas peur, Harvey. C'est pour vous montrer comme elle tient la route !

Il appuya plus fort sur le champignon, passant à une vitesse supérieure.

Les vitres baissées, le capot découvert laissaient s'engouffrer le vent. Ses cheveux blonds balayés vers l'arrière, ses joues cinglées par l'air, ses narines dilatées de plaisir, le jeune baron se laissait aveuglément mener par l'ivresse de la course.

La voiture roule à pleins gaz. Un vrai bolide.

Harvey joint les pieds, les genoux, mord ses lèvres ; sa main crispée s'accroche à la poignée intérieure. Il ne prononce pas un mot, ne laisse échapper aucun soupir. À quoi cela servirait-il, il passerait pour un lâche ; et le conducteur, trop sûr de lui, ne l'écouterait pas !

La *Symphonie* se mélangeait aux souffles et aux pressions du vent. Son allégresse le narguait, il aurait tant voulu la réduire au silence.

Encerclé par l'air, le soleil, la musique, des fragments de paysages, le majordome sentait l'engourdissement le gagner.

Il se laissa peu à peu envahir par une sorte d'indifférence.

Lorsque, plus tard, Raphaël, qui continuait de foncer et de fendre l'espace, prendra sur l'aile le dernier tournant, Harvey sera déjà loin, très loin. Ailleurs.

Brusquement hors de contrôle, l'automobile fera une embardée.

Un tronc d'arbre grossissant à vue d'œil s'avancera à toute vitesse vers le capot.

« Ce n'est que ça ! » pensa Harvey, tandis que l'engin entrait en collision avec le fût d'un large peuplier.

L'énorme vacarme recouvrit complètement les allégros de la *Pastorale*.

Raphaël, en état de choc, parvint tout de même à s'extraire de l'automobile en bouillie. Constatant qu'il s'était tiré par miracle de l'accident, sans la moindre blessure, il se mit à chercher fiévreusement son compagnon de route.

Pris au piège de la tôle broyée, le majordome ne vivait déjà plus.

Le jeune homme ne voulut pas y croire. Il réussit à toucher un bras, puis une épaule, puis la tête d'Harvey retombée en avant. Il l'appela plusieurs fois, de plus en plus fort, sans obtenir de réponse.

La *Symphonie* retentit de nouveau, à son plus haut volume. Fou de rage, il chercha à en couper le son, frappant sur le transistor à coups de poing, à coups de pied, à travers la vitre fracassée. Rien n'y fit.

L'enchevêtrement de la ferraille emprisonnait, dans une même cage, la musique et le mort.

Raphaël court dans tous les sens, hurle au secours, cherche des maisons, un chemin ; se précipite vers le sentier qui s'enfonce sous les arbres.

Craignant que la machine en miettes, projetée à bonne distance de la route, ne passe inaperçue aux yeux des conducteurs pressés, il revient brusquement sur ses pas. Haletant, épouvanté, en larmes, il agite les bras, fait de grands signes désespérés sur le rebord du talus.

En quelques secondes, tout l'avenir du jeune homme s'est altéré, tous ses plans, tous ses projets se sont rompus.

Dorénavant, partout, à travers le temps et l'espace, jusqu'au fond des déserts où Raphaël s'exilera durant quelques années ; puis plus tard, au retour, et jusqu'au bout de l'existence, l'expression sibylline du majordome, inquiète et retenue, à laquelle en cet après-midi fatal il avait prêté si peu d'attention, ne cessera de le hanter.

Jusqu'au bout, le visage d'Harvey sera là. Toujours là, auprès de son jeune compagnon.

Ce visage à la fois indulgent et réprobateur, déférent et si paternel.

Pour Bernard Giraudeau

L'ANCÊTRE SUR SON ÂNE

À califourchon sur son âne gris, de larges pantalons bistre serrés aux chevilles, les pieds dans des babouches en cuir jaunâtre qui décollaient sans cesse de ses talons, la chemise en grosse toile à manches longues sous un gilet de drap noir, un fez rouge légèrement penché à gauche sur ses cheveux qui s'éclaircissaient : c'est ainsi que l'ancêtre arpentait, vers les années 1860, les souks du vieux Caire, pour vendre ses bouchons de liège. Deux sacs, remplis à ras bord, étaient suspendus de chaque côté de sa monture.

Célibataire à plus de trente ans, Assad avait quitté son Liban natal depuis peu. La famine s'y annonçait. Les luttes tribales ou confessionnelles – débouchant sur des massacres sporadiques, puis sur des vengeances à longue portée – dénaturaient tous les rapports. Dénué de haine et d'esprit de clan, auxquels les siens cherchaient à le contraindre, Assad décida de s'exiler.

Emportant plusieurs balles de liège provenant des écorces de chênes de sa région, il embarqua sur un voilier en route pour Alexandrie.

Dès qu'il mit pied à terre sur ce sol étranger, Assad sentit naître en lui un instinct de débrouillardise qui, jusque-là, lui avait fait défaut. Il se dirigea vers la capitale, trouva facilement à s'y loger, et fit l'acquisition d'un âne qu'il nomma Saf-Saf. Ces syllabes sans signification, qui sonnaient tendres et vives, lui étaient venues spontanément aux lèvres. À partir de ce jour, Saf-Saf lui servit de boutique, de moyen de locomotion et de confident.

Son commerce devint un jeu. Tailler des bouchons de toutes dimensions exaltait son ingéniosité. Rencontrer d'autres commerçants, visiter leurs échoppes, échanger des informations, plaisanter autour d'une tasse de café ; offrir à son tour, d'un bocal ventru suspendu à sa selle, du sirop de mûre dans un gobelet d'étain qu'il faisait briller avec une peau de chamois, tout contribuait à son plaisir.

Dans son propre village, la population – accueillante aussi, mais plus hâbleuse, plus fanfaronne que celle d'ici – le rendait timide et silencieux. À l'opposé, il se sentait à l'aise parmi ce peuple d'Égypte, souvent misérable, mais rieur et bienveillant.

Lorsque les échanges se prolongeaient, Saf-Saf brayait, frappait le sol de ses sabots, soulevant des vagues de poussière. Assad le calmait avec des morceaux de sucre dont il avait les poches pleines. D'autres fois, pour le choyer, il ornait son cou d'une série de colliers à perles bleues destinées à chasser le mauvais œil. À cette superstition, comme à d'autres, Assad ne croyait guère.

Le soir, partageant avec son âne une chambre qui donnait sur une impasse malodorante, il se rattrapait en caresses, en paroles résumant ses journées :

– Saf-Saf, mon frère, que ferais-je sans toi ! Notre négoce tourne si bien que j'ai déjà épuisé mon stock de liège. Il faut que j'en fasse venir de grosses quantités de mon village. Bientôt je doublerai ta ration d'avoine. Je m'achèterai un gilet neuf et d'autres pantalons.

Satisfait de son existence, Assad n'imaginait aucun autre profit à tirer de ses gains.

C'est alors qu'intervint un de ses coreligionnaires. Émigré depuis une vingtaine d'années, celui-ci – qui tenait au Caire un commerce d'orfèvrerie – lui proposa un placement.

– Un placement ?

– Tu me confies une somme d'argent, et par saint Antoine je te déniche une juteuse affaire ! D'ici peu, je te rends le double, peut-être même le triple !

L'orfèvre ne croyait pas si bien dire. Assad lui confia, avec reconnaissance, cet argent qui lui brûlait les doigts, et qu'il était sur le point de distribuer. L'homme lui acheta un terrain en banlieue, vendu à vil prix par un Turc dont les affaires périclitaient.

En moins de rien, ce terrain décupla de valeur. Muni d'une procuration, et touchant de larges bénéfices à chaque transaction, l'orfèvre revendit cette propriété pour réinvestir aussitôt la somme dans l'achat d'autres terres plus éloignées. Et ainsi de suite. Jusqu'au jour où Assad et lui-même se trouvèrent à la tête de quelques milliers de feddans[1] représentant une fortune considérable.

Indifférent aux progrès de son placement, Assad continuait de vaquer en toute tranquillité à ses occupations.

Un soir, apprenant l'étourdissante nouvelle, il eut l'impression qu'on venait de jeter un énorme rocher au fond du lac paisible de son existence !

À partir de là, comment agir ? Il ne pouvait plus ignorer la situation, ni son nouveau statut. Les voisins et les membres de sa communauté – il n'avait guère fréquenté ces derniers jusqu'ici, préférant se mêler à la population locale – se chargeraient de les lui rappeler.

Ses compatriotes comblèrent Assad d'égards. Insistant sur leur commune origine, ils découvrirent, fort opportunément, d'innombrables liens de parenté entre eux. Ils lui conseillèrent de s'établir au plus tôt, se faisant fort de lui trouver une épouse de même ascendance : chrétienne, à peine pubère de surcroît. Chaque famille avait une fille en réserve à lui offrir. Assad abordait la quarantaine – un âge déjà avancé pour l'époque –, il était urgent qu'il songeât à faire de nombreux enfants qui deviendraient ses futurs héritiers.

Saf-Saf, ce soir-là, n'arrêta pas de braire sur un ton pathétique. Sucre, avoine, caresses ne parvinrent pas

1. Environ 4 400 mètres carrés.

à l'apaiser. Il fixait son maître avec d'immenses yeux bruns noyés de tristesse, comme s'il pressentait pour tous deux un sombre avenir.

Il ne se trompait pas.

Du jour au lendemain, Assad se trouva en possession de vastes plantations réservées à la culture du coton et louées à de petits cultivateurs. D'autres terres attendaient d'être correctement exploitées.

Par un des premiers trains circulant en Égypte, Assad emmenait chaque fois Saf-Saf avec lui vers cette campagne lointaine. Ils y passaient de longues semaines, retrouvant le plaisir des balades et des échanges passés.

Les champs remplaçaient les souks, les chemins sablonneux se substituaient aux ruelles, les canaux d'eau boueuse évoquaient vaguement le grand Nil qui traverse la capitale.

Partageant avec les paysans leur repas au pied d'un arbre, écoutant leurs doléances et promettant d'y remédier, les visitant dans leurs masures, les rassemblant sur la terrasse de sa demeure après avoir tué le mouton en leur honneur, Assad éprouvait presque le même entrain, la même gaieté que jadis durant ses randonnées dans la vieille ville.

Au milieu de ces hommes, Assad – que sa richesse mettait mal à l'aise tant elle lui semblait un déguisement – se sentait moins exclu de sa propre peau. Saf-Saf, qui le transportait ou qui trottait à ses côtés, secouait joyeusement sa queue pour chasser les mouches, hochait la tête avec allégresse pour faire tinter la masse de ses colliers.

Ce bonheur ne pouvait durer !

Son épouse aux yeux verts, la plantureuse Asma, bientôt mère d'un fils, puis d'un deuxième, puis d'un troisième..., prit rapidement de l'ascendant sur son époux.

La belle-famille s'enorgueillissait de descendre d'une lignée de notables. Elle se vantait de domaines, de possessions, hélas perdus dans des luttes fratricides qui avaient mis à feu et à sang leur pays d'origine, les forçant à l'exil. Pour toutes ces raisons, la tribu familiale estimait que, ayant consenti à une mésalliance en donnant une des leurs à un « vendeur de bouchons », elle ne pouvait pousser plus loin ses concessions. Chacun taxa la simplicité d'Assad de niaiserie : « Il a bien choisi un âne pour meilleur compagnon ! »

Son attitude ne pouvait qu'induire en erreur ces paysans ignares qu'il traitait comme des proches. Entre ses mains ineptes, l'exploitation agricole irait à sa perte. Il était donc de leur devoir d'assurer le bien-être d'Asma, de ces « chers petits » qui ne cessaient de naître, et de rendre inoffensif ce bougre : « Son ignorance est telle qu'il appose au bas des documents une croix et l'empreinte de son pouce en guise de signature ! »

On pria Assad – en l'intimidant par des arguments juridiques – de renoncer à ses séjours à la campagne pour s'occuper exclusivement des exportations de coton et de canne à sucre. Des bureaux seraient bientôt installés dans la cité. Il en assumerait la direction, épaulé – cela allait sans dire – par deux de ses beaux-frères et par l'oncle Naïm. Ce dernier, un vieillard despotique, avait été promu au rang de « patriarche » depuis le décès de son aîné, le père d'Asma.

La villa blanche, bâtie à l'italienne, avec porche en marbre, colonnades, balcons, possédait plus de vingt pièces.

Un grand jardin l'encerclait. Une tonnelle de roses trémières, du gazon toujours vert, des bosquets de rhododendrons, des arbustes de laurier, des parterres de roses, de glaïeuls, de chrysanthèmes, des bordures de capucines ou de pensées étaient constamment maintenus en état par les soins de trois jardiniers.

L'ensemble manquait d'arbres. Un seul, le banian – déjà sur le terrain au moment de la construction –, avait été sauvegardé par l'architecte. Avec ses multiples racines, il occupait la partie est du jardin. Ses branches noueuses et séculaires servaient d'ombrage à Saf-Saf.

– Je ne veux pas que ce ridicule animal rôde autour de la maison et soit remarqué par les invités, grommelait Asma.

Attaché à une corde – qu'Assad avait pris soin d'allonger au maximum –, l'âne bridé, faisant mine d'oublier cette contrainte, trottait à tout bout de champ autour de l'arbre.

Dès qu'il apercevait son maître, Saf-Saf se campait devant lui et le fixait de ses yeux aimants. Pour se faire pardonner, Assad multipliait ses rations d'avoine, de sucre et d'accolades.

Pour certaines décisions, Assad ne transigeait jamais. Quoi qu'en pensent ses proches, il garderait toujours Saf-Saf auprès de lui. Laissant aux autres leur mode de vie, il tenait au sien, et s'y agrippait.

Il s'était fait bâtir une chambre-cellule reliée à la bâtisse principale par un étroit et long couloir. Peinte à la chaux, elle ne contenait qu'un lit, une chaise, une table. Punaisée au mur, une photo jaunie de lui-même à califourchon sur son âne – trimbalant les « sacs à bouchons » – évoquait un passé serein et enjoué.

Une porte-fenêtre ouvrait sur le banian. De tous les recoins de sa pièce, Assad pouvait ainsi contempler d'un même coup d'œil l'arbre et l'âne.

Asma surnommait ce greffon « une immonde pustule qui défigure l'imposante demeure ».

En s'y dirigeant plusieurs fois par jour, Assad lançait :

– Maintenant, je rejoins ma bulle d'air frais. À plus tard !

Peu doué pour les affaires, et songeant à l'intérêt de ses enfants – malgré trois fausses couches, Asma lui en avait déjà donné huit –, Assad avait volontiers confié toutes les opérations financières aux membres de sa belle-famille.

Entre leurs mains, la fortune fructifiait. Les signes en étaient évidents : multiplication de la domesticité, arrivée d'une gouvernante autrichienne, d'un cocher albanais, réceptions de plus en plus fastueuses, location à l'année d'une loge à l'Opéra. Tout cela contribuait à classer les siens parmi les gens d'importance, à les introduire dans le « grand monde », à espérer de beaux et riches mariages pour leurs descendants.

Fascinés durant leur jeune âge par ce père fantasque, les enfants d'Assad se laissèrent peu à peu séduire par la famille maternelle, et par les avantages matériels qu'elle leur procurait.

Certains d'entre eux reprochèrent plus tard à leur père de ne pas soutenir l'ascension de la famille, et de se complaire dans l'évocation de souvenirs qui n'étaient guère reluisants.

Ils cessèrent de s'intéresser à Saf-Saf, de le caresser, de le nourrir, de grimper sur son dos. Les apercevant de l'autre côté de la pelouse, celui-ci brayait en vain pour retenir leur attention.

Ce n'étaient pas les ambitions des siens qui gênaient Assad ; ce qui lui faisait mal, et même l'horripilait, c'étaient leurs poses, et cette insupportable prétention.

Conscient de sa propre ignorance, il tenta sérieusement d'y remédier.

Le vieux maître Hazan, bossu et myope, lui rendit visite trois fois par semaine. Il traversait le jardin à petits pas, sa sacoche en grosse toile verte bourrée de livres sous le bras. Avant d'entrer dans la chambre de son élève, il prodiguait des caresses à Saf-Saf et lui glissait entre les dents un gâteau de miel.

Assad apprit à lire, à écrire ; il était attentif et doué. Après chaque leçon, Hazan lui récitait toujours un poème en le modulant.

> Si donc tu me fais du bien, je saurai m'en rendre digne ; mais si tu n'en fais rien, je dirai quand même : merci.
>
> L'homme intelligent,
> s'il examine sans voile tous les biens de ce monde,
> ils seront pour lui
> un ennemi vêtu comme un ami.

– C'est d'Abou Nawass, lui soufflait-il, le poète rebelle aux cheveux pendants. Reprends après moi.

Assad répétait aussitôt.

Le lendemain, le maître citait :

Qui donc jamais se lassera de voir le souffle de la
respiration sortir de sa propre poitrine ?

– C'était d'Al Maari, aveugle à quatre ans.

Une autre fois :

– À présent, écoute, Assad. Écoute notre grande poétesse Al Khansa. Ses deux frères ont été tués dans la lutte contre une tribu rivale ; elle pleure leur mort :

[...] Le siècle furieux
nous a traîtreusement atteints.
Il nous a transpercés soudain
des coups de sa corne acérée.
[...]
C'est à présent que nous restons
d'un rang égal aux autres hommes,
ainsi que les dents alignées
dans la bouche d'un homme adulte.

– Tu as bien entendu ? Ne dirait-on pas des paroles d'aujourd'hui ?

– Il est temps d'envoyer cette vieille bête mourir à la campagne, suggéra Asma, n'osant prononcer le mot « abattoir ».

La vue de Saf-Saf, symbole d'un passé minable, l'irritait de plus en plus.

– Si Saf-Saf s'en va, je pars avec lui !

Persuadée que son époux n'en démordrait pas, elle se hâta de changer de propos :

– Ce que je t'en dis, c'est pour son bien. Tu feras comme tu veux, mon cher.

Il fallait éviter le scandale. Les communautés chrétiennes étaient régies selon leurs propres rites ; la leur, d'obédience catholique, excluait le divorce, tolérait mal la séparation. Mieux valait endurer les caprices de ce vieil original que de s'engager dans des procédures qui alimenteraient les commérages et nuiraient à la réputation des siens. En mère avisée, Asma n'oubliait pas qu'il lui restait des filles à caser.

Quelques mois plus tard, sans dire où il se rendait, Assad s'absenta toute une journée.

Le soir, en rentrant, il trouva son âne gisant sous l'arbre. Mort.

Devançant les désirs de sa patronne – qu'il partageait en partie –, Stavros, le cuisinier grec, l'avait-il secrètement empoisonné ?

Assad enterra sa bête au pied du banian.

Il creusa lui-même sa tombe. Puis il installa le cadavre de Saf-Saf tout près des racines coriaces et livides dont la sève résiste au temps.

Depuis la mort de son âne, Assad disparaissait dans la journée pour ne revenir qu'à la nuit.

Il avait retrouvé le chemin des souks.

Trente ans s'étaient écoulés. Beaucoup de ses compagnons avaient disparu. Il en restait quelques-uns. Ils le reconnurent et lui firent fête ; aucun ne lui reprocha le silence de toutes ces années.

Le vieil homme fit la connaissance de Nina, la fille d'une Maltaise qu'il avait jadis aimée en cachette. Celle-ci lui rapporta les paroles de sa mère disparue :

– Elle me parlait de toi avec tendresse. Elle riait en me décrivant ton âne. Comment s'appelait-il ? Laisse-moi me rappeler... Saf-Saf, c'est ça ?

– C'est bien ça : Saf-Saf !

Leurs liens se resserrèrent.

Assad venait plusieurs fois par semaine. Ils savaient se parler ; ils apprirent à s'aimer, malgré la différence d'âge. À toute heure, se rendant chez Nina, il se sentait espéré, chéri.

Au bout de quelques mois, elle attendait un enfant. Assad l'adopta et veilla aux besoins du fils et de la mère.

Une fin d'après-midi, dans le fiacre qui le conduisait d'un lieu à l'autre, Assad rendit l'âme, dans un soupir.

À la villa, on s'empressa de décrocher du mur la photo jaunie qui représentait l'aïeul, le visage rayonnant, le fez sur le côté, à califourchon sur son âne.

Chez Nina, la même photo demeura, en bonne place, sur le guéridon en bois doré.

Pour effacer la mémoire de Saf-Saf et les souvenirs qui s'y rattachaient, Asma et ses enfants firent abattre la chambre-cellule et le long couloir.

On abattit aussi le banian.

L'énorme et terreuse cicatrice fut recouverte d'un large parterre de dahlias et d'iris.

Plus d'un siècle après – liés par mariage à des familles européennes de petite noblesse –, certains descendants d'Assad, adoptant les marottes en vogue, tentèrent de dresser leur arbre généalogique.

Très vite ils butèrent sur le tronc. Le découvrant obscur et indigent, ils se hâtèrent de le travestir.

Le « vendeur de bouchons » se métamorphosa en fils de gouverneur, promu à ce poste honorifique par l'Empire ottoman. Quant à l'âne, on le transforma en cheval ! Saf-Saf fut surnommé « Seif el Nour », ce qui veut dire « Épée de Lumière ».

Ainsi paré de richesses et de pouvoir, l'ancêtre, monté sur son destrier, pouvait dignement débarquer dans le port d'Alexandrie. Et, de là, partir à la conquête de nouvelles terres, pour lui et pour sa postérité.

Pour Vénus Khoury-Ghata

LES FRÈRES DU LONG MALHEUR

I

Nous étions cinq, ce matin-là. Cinq jeunes militaires de dix-huit à vingt-deux ans, casqués, bottés, en uniforme kaki, le fusil mitrailleur en bandoulière. Les yeux sans cesse mobiles et fureteurs, nous arpentions à longueur de journée les ruelles, poussant parfois une porte du bout du canon pour surprendre ceux qui préparaient un mauvais coup.

Une fois de plus, la ville traversait une période de tension. L'avant-veille, un attentat avait fait un mort et six blessés ; une patrouille avait surpris puis capturé le poseur de bombe.

– Ces salauds, je leur ferai payer, vociféra le chef.

Se dirigeant vers la proche banlieue, il avançait à grandes enjambées, à la tête de notre groupe. De temps en temps, il se retournait :

– Dépêchez-vous ! Il faut leur faire peur très vite. Ça les empêchera de recommencer.

– On a déjà capturé le coupable, répliquai-je.

– Il a tout avoué durant l'interrogatoire. Nous savons où se trouve sa maison ; nous y allons !

– Pour quoi faire, puisque l'homme est derrière les barreaux ?

Sans ralentir sa marche, le chef, me fixant par-dessus son épaule, hocha la tête ; il n'avait que faire de mes arguments ! De petite taille, notre capitaine se haussait du buste à chaque mouvement. Son ceinturon, trop serré, faisait ressortir l'embonpoint des hanches qui s'évasaient à partir d'un dos étriqué. Sa casquette, très enfoncée sur la tête, dissimulait son front, ses yeux. Son col toujours boutonné, ses manches jamais retroussées, il ne découvrait ni son cou ni ses bras, même en temps de repos. On aurait dit que la partie charnelle de son apparence, celle qui ne relevait pas de l'empreinte militaire, le gênait et qu'il cherchait – se greffant à sa fonction – à n'être qu'un uniforme, qu'un équipement !

– Toi, David, arrête de poser des questions. Obéis aux ordres, comme les autres, me lança-t-il.

Le chef avançait en martelant le sol, en soulevant des nuages de poussière dans lesquels nous nous engloutissions à sa suite. Sa voix se fit tonitruante :

– Où cela mène-t-il d'hésiter, de discuter ? Nulle part ! Crois-moi, David, un jour c'est à toi qu'on finira par poser des questions.

L'indignation lui coupait le souffle ; il s'immobilisa durant quelques secondes et me fit face :

– Enfin, avec qui es-tu ? Peux-tu me le dire ?

– Tantôt ici, tantôt là-bas... Avec la justice, murmurai-je.

Sans attendre ma réponse, il était reparti. Mes compagnons, qui s'amusaient de cette joute, me regardaient sans hostilité. Sans comprendre non plus où je voulais en venir.

De notre expédition j'attendais le pire : un châtiment global s'abattant sur le quartier ; ou bien des représailles envers la famille du terroriste ; ou encore un geste malhabile, un mot de trop qui déclencherait de nouvelles violences. Comment tout cela allait-il se terminer ?

Je tentais, pour la paix de ma conscience, de justifier ces actions punitives. « C'est la panique qui nous fait agir ainsi », me disais-je. La peur du présent s'ajoutait à nos peurs millénaires. « Moi aussi, le souvenir des atrocités qui s'abattent sur notre peuple depuis des siècles me glace le sang. » J'étais jeune, je voulais vivre. J'étais en plein désarroi.

Ceux d'en face n'avaient-ils pas, eux aussi, de quoi s'alarmer ? N'avaient-ils pas le droit d'exister dans la dignité ? N'avaient-ils pas des raisons de se soulever contre nous, victimes d'hier devenues ces redoutables adversaires d'aujourd'hui ? Mon esprit s'épuisait dans ce va-et-vient.

Après une demi-heure de marche, nous étions parvenus au bord de l'agglomération. Une dizaine de soldats en armes faisaient le guet ; ils étaient là depuis la veille pour prévenir ou mater le moindre soulèvement. S'approchant d'eux, le chef échangea quelques mots. La « guerre des pierres », que je ressentais comme de pathétiques appels au secours, avait repris dans une partie des Territoires.

À l'entrée du village, le chef se jucha sur un monceau de gravier, étira le buste, le cou ; tendit tous ses muscles et, nous toisant :

– Suivez-moi. Exécutez mes ordres à la lettre. C'est tout.

Il dirigea sa visière dans ma direction, ses yeux demeurant invisibles. Bravant le soleil et ces vents de sable qui jaunissent périodiquement la région, il ne portait jamais, comme la plupart d'entre nous, des lunettes teintées. La contraction de ses mâchoires gommait ses lèvres. J'entendis :

– David, tu ranges tes états d'âme, ou bien tu t'en vas !

J'étais resté. Je resterai jusqu'au bout, dans l'espoir, peut-être, de tempérer certaines exaspérations, certains emportements ? J'étais loin d'imaginer une situation aussi douloureuse que celle qui allait se présenter.

– Gardez vos mitraillettes bien en vue. Il faut leur donner la frousse dès le début. Autrement, c'est vous qui trinquerez !

Nous avancions, le dos arrondi, à pas élastiques, entre les petites bâtisses. De tous les recoins, des dizaines d'yeux nous surveillaient. Je sentais leurs regards comme des flèches entre mes épaules, sur ma nuque.

Dans le ventre du quartier, les ruelles se firent plus étroites. Je reconnus la maison verdâtre dont le balcon avait fini par s'effondrer ; le mur ocre, plus délavé, devant lequel le marchand de fruits ordonnait son étalage ; le banc de ciment où les vieillards, à chaque crépuscule, échangeaient leurs souvenirs. Je me rappelais les lieux, distinctement.

Jadis, les jours de congé, ma mère me déposait chez Aziza. Celle-ci faisait des ménages dans notre immeuble ; maman et elle étaient très liées. Tout cela remontait à une quinzaine d'années, je devais avoir huit ans. Ma mère, qui était veuve, travaillait durement pour m'élever.

Plus tard, la situation s'étant détériorée, les passages d'une zone à l'autre étaient devenus impraticables. Aziza n'apparaissait plus dans notre immeuble. Nous ne faisions plus le chemin inverse.

J'avance prudemment, tandis que le passé m'envahit. Par moments, je souhaite m'arrêter, reculer ; à d'autres, je veux au contraire accélérer notre marche. Je me revois lâchant la main de ma mère et courant vers la masure où Amin, qui a mon âge, joue à la marelle devant le seuil, attendant ma venue.

Plus tard, Aziza paraît et nous invite à pénétrer dans sa maison. Elle nous comble de mots tendres, nous gave de gâteaux fourrés de dattes et de noisettes. Ensuite, elle empaquette tout un lot de friandises dans un papier journal pour maman.

Aziza fabrique un pain qui ressemble à de vastes, fines et rondes serviettes. Elle le déchire en larges parts, le bourre de fromage de chèvre baignant dans l'huile d'olive, enroule le tout. Elle nous le tend ensuite au bout de ses doigts : « Mordez ! » Nous y mordons, Amin et moi, tour à tour. J'entends encore nos rires, le sien :

– Vous avez les mêmes petites dents. Vous laissez les mêmes marques sur mon pain !

Dans la chambre contiguë, les quatre petits piaillent. Prenant plaisir au plaisir qu'elle nous offre, Aziza, durant quelques minutes, les laisse à leurs cris. Puis elle court vers eux pour les calmer.

C'est bien vers le logis d'Aziza que nous nous dirigeons. C'est bien le même : en plus vétuste et, à mes yeux d'adulte, en plus exigu. Des plaques de chaux se sont décollées, laissant à vif des pans lépreux sur les murs. Brûlée par le soleil, l'étoffe noire qui servait de volets aux deux lucarnes est devenue bistre. La porte, repeinte chaque année, est du même jaune safran.

Un de mes compagnons me confie :

– C'est la maison du terroriste. Le chef leur fera payer ce mort d'avant-hier. Son père et sa mère ont disparu dans les camps. Ici, durant toutes ces guerres, il a perdu trois autres membres de sa famille. Il faut le comprendre, il ne s'en remettra jamais !

II

Ils ont trouvé Selim la nuit dernière, après l'attentat.

Les funestes nouvelles se propagent comme l'éclair. Mon jeune frère s'était abrité chez des amis, tout près de la galerie où il avait déposé sa bombe. Nous ne l'avons pas revu depuis des mois. Il change souvent de domicile.

Après la mort de notre père, qui s'est éteint il y a trois ans, Selim a fait de brèves apparitions pour revoir ses frères et sœurs ; pour embrasser notre mère Aziza, à qui il reste profondément attaché.

Il garde en apparence un visage tranquille ; mais sa peau, qu'une variole précoce a ravagée, est souvent parcourue de frémissements. Ses cheveux bouclés, tassés, lui font un casque noir ; son front se plisse, ses yeux d'ébène flamboient. Il mord parfois ses lèvres pour retenir un trop-plein de colère. Mon jeune frère est vêtu avec soin : un jean usé mais propre, un tee-shirt vert fraîchement lavé ; des baskets, utiles pour fuir à toutes jambes.

Selim se rebellait déjà contre la résignation de notre père. À moi il reproche de rechercher le dialogue à tout prix.

Notre mère le supplie de se calmer. Il ne veut pas l'entendre :

– Vous vivez comme des larves ! Moi, je n'accepte pas. Je n'accepte plus !

Avant-hier la bombe a sauté : il y a eu un mort et trois blessés graves. Selim est passé aux aveux. Notre mère souffre ; elle en veut à la terre entière. Je souffre aussi, tiraillé entre ce frère que j'aime mais que je blâme et ce mort innocent. Cette lutte aveugle, violente m'horripile. J'accepte mal que les hommes, devançant leur mort, ne cessent de se massacrer.

– Tu souffres en silence, mais les autres agissent ! rétorque mon frère. Chassés de notre sol, humiliés depuis des décennies, réduits à une attente sans fin... Que nous reste-t-il à espérer ? Tes pensées généreuses, c'est bien beau ! Mais à quoi mènent-elles ? À quoi ?

Nous nous disputons, nous en venons aux mains. Son corps, son âme se crispent. Les miens aussi.

Brusquement il s'en va, nous jetant un dernier regard d'exaspération et de tendresse. Nous restons alors sans nouvelles durant des jours et des jours...

Cette nuit, ma mère et les petits cherchent le sommeil. Ils sont une dizaine d'enfants : ses propres filles et fils, s'ajoutant à ceux de ses trois aînés. Leurs générations se chevauchent.

Je fais le guet à l'extérieur. L'aube est largement entamée ; je respire mieux : durant le plein jour les risques d'incursion sont moindres. Avant d'entrer dans la maison pour dormir à mon tour, j'aperçois, dans un rideau de poussière, cinq hommes en armes qui avancent dans ma direction.

Le dernier tronçon de leur parcours se fait au pas de course. Je n'ai le temps de rien. Ils me bousculent pour entrer, j'entends :

– ... la maison du terroriste Selim... Oui, c'est celle-là avec la porte jaune. On ne peut pas se tromper.

Je m'interpose :

– Mon frère n'habite plus ici. N'entrez pas ! Vous allez effrayer ma vieille mère et les enfants.

– Des armes... la cachette... Fouillez partout !

Un des hommes s'approche de moi en fureur :

– Il y a eu un mort et des blessés... Un mort, avant-hier ! Tu comprends ?

Je me dresse devant la porte. Venant à bout de ma résistance, ils foncent, à quatre, vers l'intérieur. Je cherche à les suivre, un cinquième soldat me retient :

– Ne résiste pas, ça ne sert à rien. Patiente. Ils s'en iront vite. Tout ira bien, je te le promets.

Il a une voix chaude, presque amicale. Je me dégage de son étreinte, je ne fais confiance à personne. Je cherche toujours à entrer, à porter à ma mère le secours de ma présence.

L'autre ne me lâche pas :

– Tu ne me reconnais pas, Amin ?

Le reconnaître ? Je ne veux reconnaître personne dans cette bande-là ! Brutalement, je repousse cet homme contre le mur. J'entre.

Je le sens toujours là derrière moi, soudé à mes pas. Je me précipite dans la chambre. Au milieu de matelas éventrés, de paille déversée sur le sol, d'amas de couvertures, de tiroirs tombés de l'unique armoire en bois blanc, de vêtements éparpillés, les miens crient, gémissent, s'agglutinent. À l'indescriptible vacarme s'ajoute le martèlement sur les carreaux autour de l'évier, dans l'espoir d'y déceler une cachette.

– Je suis David.

En plein tumulte, comment ai-je pu entendre cette voix ?

– Pas d'armes. Pas d'armes ici ! sanglote ma mère.

« David »... Ce nom m'atteint comme une gifle ! Je me retourne pour lui mettre mon poing dans la figure.

De loin, Aziza a suivi notre manège ; elle se dégage brusquement, avance à grands pas vers nous, m'oblige à reculer et, agrippant le soldat par les épaules :

– Toi ! Toi, David ! Je te reconnais ! Tu as toujours été le bienvenu dans ma maison, tu ne peux pas laisser faire. Tu ne peux pas. N'est-ce pas, David, que tu ne peux pas ?

David entoure ma mère de son bras ; il baisse la tête, il ne trouve pas ses mots.

Alerté par la scène, le chef nous a rejoints en hâte :

– Hors d'ici, David ! Prends tes quartiers dehors.

– Je connais cette famille. C'était ma famille...

– Tu compliques les choses. Sors d'ici... C'est un ordre ! Je te répète : sors d'ici !

Ma mère saisit ma main :

– Tu vois bien qu'il n'y peut rien, Amin. Tout ça est plus fort que lui, plus fort que nous. Ne le retiens pas. Dis-lui de s'en aller.

Je pousse fermement David vers la sortie.

– Va-t'en.

– Oui, va, David, reprend ma mère. Va, mon fils, va...

– Tôt ou tard tu me le paieras, David ! braille le chef.

III

Je vais, je viens, à l'extérieur, comme un fauve en cage.

Le chef a claqué derrière moi la porte jaune.

Les bruits du dedans me parviennent assourdis et feutrés. Je voudrais foncer à l'intérieur, faire cesser ce harcèlement. En cet instant, je me sens étranger à mes frères de sang et si proche de ces frères étrangers.

Devant la masure d'Aziza, je m'efforce de trouver le calme. Je me persuade que les soldats, ne découvrant aucune arme, repartiront, laissant la famille quitte pour la peur. Plus tard, qu'adviendra-t-il à chacun de nous ? Je n'entrevois aucune réponse à mes questions.

Reverrai-je Aziza, parlerai-je à Amin ? Sauront-ils comprendre ? Sauront-ils évaluer les enjeux de ces actes de guerre qui nous transforment tour à tour, les uns et les autres, en bourreaux ou en victimes, en chasseurs ou en gibiers ? Un jour, effacerons-nous ces temps maudits, rattraperons-nous ce temps dévasté ? Un jour, pourrai-je courir vers Aziza, sans arrière-pensée ? Pourra-t-elle m'accueillir ? Pourrai-je un jour partager le pain avec Amin, l'appeler « mon frère » de nouveau ?

Le vacarme s'apaise. La porte jaune vient de s'ouvrir.

Le chef paraît sur le seuil. D'un ton amène, il annonce que la fouille est terminée. Il prie ensuite l'entière famille de se réunir, plus bas, au bout de la ruelle.

Amin conduit les siens ; ils se suivent en file. Aziza ferme la marche. J'ose à peine relever la tête, rencontrer leurs yeux. Je le fais cependant, soulagé à la pensée que notre départ est proche. Le regard d'Aziza me fixe sans haine, avec compassion.

Sortant à leur tour derrière la petite troupe apeurée, deux soldats me frôlent et se détournent. Le troisième n'est pas encore sorti. Que fait-il à l'intérieur ?

Le silence s'installe. Un silence massif, oppressant.

Le visage du chef est lisse, un lac après la tempête. Il adresse un sourire à la vieille. Il se courbe pour ramasser une bille tombée de la poche d'un des enfants. Il lui rend cette bille et lui tapote paternellement la tête. Je reprends espoir. Je respire.

Le dernier soldat apparaît enfin sur le seuil. Il nous rejoint, l'air préoccupé.

Soulevée de terre, la maison explosa.

Elle vola en éclats. Pulvérisée ! Puis, retombant sur elle-même, elle s'effrita en des milliers de morceaux.

La détonation fut suivie de crépitements, de pétillements en enfilade. La secousse meurtrière alerta les gens du quartier. Ils accouraient de partout.

La masure ne fut bientôt plus que cendres et fragments, entremêlés de débris de meubles, de lambeaux d'étoffe, d'objets en miettes.

Seule la porte jaune safran – debout, intacte, son battant largement ouvert – prenait miraculeusement appui sur ce tas de ruines fumantes.

Pour Jean-Pierre Siméon

L'ERMITE DES MERS

Depuis plus de quarante ans, j'habite ce vieux phare en pleine mer, à cinquante kilomètres de la côte.

Après le malheur qui me terrassa – et que je raconterai peut-être un jour –, répondant à une annonce d'un journal local, je suis devenu le gardien de cette tour, à l'âge de trente-deux ans.

Cet îlot vertical, composé de blocs de granit, est amarré au sol, à vie. Ses racines de pierre et de terre me permettent de « prendre le large », sachant avec certitude que je peux revenir en terrain solide et sans cesse retrouver une ancre après mes échappées.

Vers l'extérieur je ne m'aventure guère, sauf pour courir une dizaine de fois autour de l'énorme socle afin de me maintenir en souffle et bonne santé. De l'intérieur, par un escalier en colimaçon, j'accède, au bout de trois cent vingt-cinq marches, à un étroit balcon qui encercle, comme un collier, la tête de mon phare.

Fasciné par la chute ou l'ascension du soleil, j'y déambule à chaque aube, à chaque crépuscule, quelle que soit la saison.

Durant la journée, je ne chôme pas. Mon existence regorge de tâches pratiques. Tout d'abord, il me faut veiller au bon fonctionnement des lentilles de cristal, les nettoyer et sans cesse les polir. Elles sont l'âme, les yeux, la raison de ce phare. L'éclat blanc qu'elles lancent, toutes les quinze secondes, est l'indispensable guide des navigateurs ; souvent aussi des pilotes de la nuit.

Je maintiens en état de propreté les escaliers, les étages, ma chambre, mon atelier, mes placards de cuisine. L'été, j'entreprends une sérieuse chasse aux cafards ; ces bestioles préhistoriques qui ont allègrement traversé les siècles pénètrent jusqu'ici par je ne sais quel mystère, quelles souterraines galeries.

Deux éoliennes, alimentées par les vents, rechargent, sous ma surveillance constante, une série de batteries.

Je me serais volontiers passé de l'antique téléphone à manette, que je n'utilise jamais. Une radio usagée, mais encore en état de marche, maintient, en cas de nécessité, un lien avec ceux du continent.

Chaque trois mois, un chalutier me ravitaille.

Nous avons mis au point, entre l'embarcation et un énorme rocher à l'entrée du phare, un système de cordes tendues et de solides crochets. La livraison de denrées et de journaux, dont je suis particulièrement friand, serrés dans des ballots, même le remplissage de ma citerne d'eau potable s'opèrent sans trop de difficultés.

Les marins mettent rarement pied à terre ; on dirait que ma solitude les trouble. Quand ils le font, nous échangeons très peu de paroles. Une fois, l'un d'eux m'a demandé si cet isolement ne m'était pas trop pesant.

– Ça me convient, ai-je répondu.

– Tu aimes la mer autant que ça ?

– L'eau est là, on va la voir, jour après jour. On finit par ne plus pouvoir s'en passer.

Ils repartent, à moitié satisfaits de mes réponses. Avant de disparaître, ils crient :

– Appelle-nous quand tu manqueras de vivres !

Jusqu'ici cela ne m'est jamais arrivé ; j'ai l'impression d'avoir une quantité de provisions d'avance.

Ma modeste paye suffit à mes besoins. De quoi pourrais-je manquer ici, perdu en plein océan ?

Le corps, je l'ai appris, se contente de peu. L'œil, braqué sur le large, perd de plus en plus le goût de toute possession et se dépouille de convoitise.

Dans la pièce principale du phare, située à mi-hauteur, j'occupe mon temps libre à une fresque. Commencée il y a près de vingt ans, j'espère la terminer avant de mourir ; il me reste à combler un espace de cinquante centimètres de large sur quatre mètres de haut.

L'ensemble forme une suite d'images bizarres qui épousent l'arrondi du mur. Sur un fond de mortier humide, j'incruste des galets, des coquillages, des algues sèches, des mollusques durcis, de la rocaille, des bouts d'épaves...

Sans savoir exactement où je vais, j'éprouve un extrême plaisir à poursuivre cette besogne, à la fois follement libre et parfaitement gouvernée. Cette course vers une destination inconnue, cette quête s'accompagne d'un minutieux travail artisanal et d'une sérieuse connaissance du matériau employé. Divers, hétéroclite, celui-ci doit, obligatoirement, se fondre dans l'ensemble.

Bien qu'au loin, je ne m'écarte jamais de l'actualité. Les journaux, que je découvre chaque trimestre, me livrent leur masse de nouvelles. La guerre continue de sévir ; les violences, les massacres, les crimes. Les idoles se fracassent. Les révolutions se pervertissent. L'art transperce les terreaux. Les découvertes se multiplient. Les formes se métamorphosent. L'homme a-t-il réellement changé ? Nos connaissances s'accroissent, mais la question primordiale de notre venue, de notre absence au monde sera-t-elle jamais résolue ?

Aucune action de notre époque ne m'indiffère ; j'ai même l'impression que les événements qui me sont transmis à travers ces lectures pénètrent par des voies mystérieuses dans la trame de ma composition. Je garde ainsi le sentiment que ce travail de fourmi débouche sur un univers plus vaste, dont les souffrances, les ressources et l'énigme me lient à tous mes frères de la planète. Illusion, peut-être ? Mais elle me conforte et m'anime.

Je travaille à ma fresque avec régularité. Ensuite, durant quelques semaines, je m'en absente, pour la reprendre plus tard. Comme si, habités par un rythme secret, nous éprouvions, elle et moi, un besoin d'échange, puis de silence, puis d'échange à nouveau...

Navigateur immobile, je suis tombé amoureux de cette mer. Elle n'était d'abord qu'un refuge, elle est devenue une passion.

Nous nous sommes mutuellement apprivoisés.

Par beau temps, elle lape mes rochers. Lorsque la houle monte, elle dépose sable, varech, coquillages au pied de ma lanterne comme une offrande, avant de se retirer.

Je veille sur elle et sur tous ceux qui la sillonnent. Avec ma longue-vue, je reconnais de loin chaque embarcation : voilier, chalutier, cuirassé, porte-avions, paquebot, caboteur, pétrolier, cargo, remorqueur...

Lorsque les rayons de mon phare fouettent le ciel pour les guider, leur éclat enlumine les flots.

Phosphorescente, la mer ondoie sous leurs caresses pour se faire mieux désirer.

Grâce à mon expérience – je n'ai pas eu un seul accident depuis plus de quarante ans –, sans doute aussi à cause de mon bas salaire, on me maintient en place malgré mon âge.

Quand je partirai, on perfectionnera la machinerie, j'ai appris que les plans étaient déjà prêts. De peur que la solitude ne les abatte, des équipes de gardiens se relaieront, deux par deux, tous les dix jours.

Par la suite, les techniciens envisagent de tout automatiser. Le phare fonctionnera seul, commandé à distance par ceux du continent.

J'espère n'avoir pas – un jour, par soudaine incapacité physique – à assister à tout cela. Je souhaite, avant ces changements, avoir été enterré au pied de mon phare, à l'endroit où j'ai planté quelques pieds de bruyère.

Ceux-ci donnent déjà un bouquet de fleurs violettes qui résistent au vent.

Une fin d'après-midi, Jérémie, naviguant sur un canot pneumatique, débarqua sur mon île.

– Je suis ton petit-fils, déclara-t-il.

J'en restai muet. Il insista :

– Le fils de Marie-Jeanne, ta fille.

– Je n'ai jamais eu d'enfant.

Il me saisit la main, m'entraîna, me conduisit d'un trait vers les marches, qu'il me fit gravir à sa suite, jusqu'à la salle des lentilles...

J'eus l'impression qu'il connaissait déjà les lieux. Il se dirigea sans hésiter vers le dispositif lumineux. Approchant son visage du mien, il pointa son index sur la surface en verre taillé :

– Regarde comme nous nous ressemblons !

Nous nous ressemblions en effet. Le même nez légèrement épaté, le même espace entre les deux incisives du haut, les mêmes yeux d'un vert aigu. Surtout, cette même mèche blanche, partant du front et s'incrustant dans notre abondante tignasse roussâtre.

Toujours aussi touffue, la mienne s'agrippait encore à mon vieux crâne.

Aline, ma femme, m'avait brusquement quitté il y a une quarantaine d'années, me laissant un mot laconique. Elle en aimait un autre et partait avec lui au-delà des mers. Elle ajoutait qu'il était inutile de chercher à la retrouver.

Jérémie m'apprit qu'à son départ elle était déjà enceinte. Elle garda l'enfant, avec l'accord de son compagnon.

– C'était ma mère, Marie-Jeanne... J'ai vite compris qu'il y avait un mystère dans la famille ; un secret que ma mère elle-même ignorait. Elle était visiblement différente de ses sept frères et sœurs. Plus tard, moi non plus je ne ressemblais à personne. J'interrogeais ma grand-mère Aline à ce sujet ; elle se taisait ou changeait de conversation. Sur son lit de mort elle m'a révélé la vérité et parlé de toi : « Tu lui ressembles tellement. » J'ai senti comme un regret dans sa voix. Dès ce moment, je n'ai plus eu qu'une idée : te retrouver. Cela m'a pris plus d'un an. J'ai traversé l'Océan ; j'ai écumé les côtes du Nord... J'ai fini par te découvrir, par apprendre où tu vivais depuis quarante ans. Du même coup, tu m'es devenu encore plus proche ;

enfant, je rêvais d'une île pour moi tout seul. J'ai voulu en savoir plus, sur toi et sur ton phare, avant de te rencontrer. J'ai consulté les cadastres, les documents, les plans. Je la connais par cœur, ta lanterne !

– Je m'étonnais aussi que tu y arrives si facilement... Quel âge as-tu, Jérémie ?

– Dix-neuf ans. Garde-moi avec toi, grand-père.

– Tu ne peux pas te séparer de la vie à dix-neuf ans !

– Il le faut. Garde-moi.

Jérémie me confia que les derniers temps, pour subsister, il avait commis une série de larcins. L'un d'eux avait failli mal tourner. Il devait se cacher durant quelques mois pour qu'on l'oublie. En travaillant avec moi sur le phare, il espérait gagner un peu d'argent, rembourser ses victimes, faire cesser les poursuites.

Je dissimule la présence de mon petit-fils à l'équipe qui me ravitaille. La semaine de leur venue, nous dégonflons et remisons le canot pneumatique. Les autres jours, Jérémie l'utilise pour pêcher ou se promener.

Nous menons ensemble une vie prodigieuse !

Je lui apprends à fabriquer des « bateaux à bouteille » que je donnerai, plus tard, à vendre aux touristes. Malgré son jeune âge, Jérémie est doué d'une infinie patience et d'une grande habileté.

Souvent, il m'aide à parfaire ou à compléter ma fresque. Il y découvre des significations, des images qui ne m'étaient jamais apparues. Il me conseille aussi avec ingéniosité, justesse ; je me rends le plus souvent à ses raisons. Dernièrement, par exemple, j'ai rehaussé de quelques coups de pinceau de couleurs vives ma composition murale.

Avant l'arrivée de Jérémie, la solitude m'avait offert toutes les ressources du silence ; le calme, la sérénité. À présent, j'expérimente le partage ; le chant plus preste et plus vivace de la joie.

Nous nous entendons sans avoir à nous parler. Nous dialoguons comme si nos âges, la disparité de nos existences stimulaient en chacun un désir d'union, de nouvelle parenté.

Nous allions vivre ainsi plus d'une année.

De temps en temps, Jérémie disparaît pour vingt-quatre ou quarante-huit heures à bord de son canot pneumatique. Je le laisse partir, puis revenir, sans rien lui demander. Je sens qu'il pourrait prendre ombrage de toute curiosité malvenue.

Un soir, en riant, il m'a lancé :

– Grand-père, je visite quelqu'un sur la côte.

– J'espère que ce n'est pas une femme mariée ! Dans ces régions, ça t'attirerait des ennuis.

– Quand je pourrai je t'en dirai plus, grand-père. Mais ne t'inquiète pas.

Nous n'en avons plus reparlé.

Un matin, nos baromètres annonçaient pluie, vent, tempête. J'ai demandé à Jérémie de ne pas quitter l'île.

– Je dois y aller, répliqua-t-il d'un ton déterminé.

Il s'y connaissait en météorologie, il savait qu'il y aurait gros temps. J'insistai. Mais il m'embrassa sur le front et partit sans un mot.

Dès son départ, la mer s'est déchaînée.

J'ai grimpé, quatre à quatre, jusqu'au balconnet qui encercle les lucarnes de mon phare. Il était environ seize heures ; le ciel s'était considérablement assombri.

J'ai tout de suite aperçu le canot pneumatique se débattant parmi les flots. Leur furie ne s'apaisait pas. Sans mollir, une lame de fond en précédait une autre.

Impuissant, j'ai assisté de loin à cette tourmente.

Je suis alors rentré pour allumer à pleins feux mes lanternes. À ma commande, elles balayaient d'éclatants faisceaux lumineux le ciel et l'océan, comme pour les intimider.

Rien n'y fit.

Emportée comme un fétu de paille parmi les tourbillons, assaillie par des rafales d'air, des paquets d'eau, l'embarcation était l'esclave des vents et d'une mer brutale, furibonde, que je m'étais mis à haïr.

Perdant la tête, je dévalai les marches jusqu'à la porte de mon phare.

Sur le terre-plein qui entoure le socle, je lançai, en direction de Jérémie, des signaux absurdes et désespérés, lui enjoignant de rentrer.

Mes hurlements se perdaient dans la bourrasque.

Sous mes yeux, le canot culbuta plusieurs fois et plusieurs fois resurgit.

Enfin, comme une bête en perdition, il se cabra, se redressa, avant de se retourner sens dessus dessous.

Sa coque grise émergeait de temps à autre, au gré des bouillonnements forcenés de l'océan.

Jérémie disparut, reparut... Épave vacillante, pivotant sous la violence des flots.

Témoin impuissant, je vis le jeune corps, vigoureux et musclé, de mon petit-fils manœuvré comme une pauvre chose. Chassé, repris, remué, déplacé, propulsé jusqu'au pied de mon île.

Égaré, désarmé, je vis ce corps se tordre, se hisser hors de l'eau, se fracasser contre les rochers.

Je vis le sang gicler sur la rocaille.

Puis la mer assassine nettoya d'un bain d'écume les traces de sa tuerie.

Je l'ai vu, ce corps de Jérémie, voracement ressaisi par les vagues.

Puis, lentement, je le vis s'engloutir.

Quinze jours plus tard, après avoir demandé mon remplacement aux responsables de la côte, je quittais le phare pour toujours.

J'avais détruit ma fresque en la badigeonnant de chaux. J'ai ensuite jeté toutes nos possessions à l'eau.

Les nouveaux gardiens s'étonnèrent de me trouver sans bagage.

– Alors, vieil homme, ça se termine ta lune de miel avec la mer ! C'est à elle que tu as tout donné ?

– Tout, leur répondis-je.

J'avais déraciné le bouquet de bruyères, détruit le testament où j'avais fixé le lieu de ma tombe.

Mort ou vif, je ne veux plus jamais avoir affaire à ce phare, ni à son océan.

Je me suis enfoncé loin, très loin dans les terres.

Trois ans ont passé. J'habite dans une maison de retraite pour vieux marins. Je n'ai pas grand-chose à leur dire. J'évite leurs flamboyants récits.

– Tu n'as rien à raconter sur la mer ? me demandent-ils.

Je hoche la tête.

– Rien.

Je ne sais comment Solange m'a retrouvé.

Elle a une dizaine d'années de plus que n'aurait eu Jérémie, mais sans doute la même ténacité.

– Regardez là-bas, m'a-t-elle dit en me prenant par le bras. Regardez qui vient vous voir.

Parmi la ribambelle de garçonnets dont elle était la maîtresse d'école, lui, je l'ai tout de suite reconnu !

Cette folle chevelure roussâtre... De près, j'ai découvert les premiers signes de l'étrange mèche blanche et frontale, semblable à la mienne et à celle de Jérémie.

– Grand-père, bredouilla l'enfant, je veux voir ton phare, je veux voir la mer ! Quand est-ce qu'on ira là-bas, ensemble ? Quand, quand, quand ?...

Pour Françoise et Pierre Dumayet

LA FEMME EN ROUGE

L'autocar cahotait de plus en plus fiévreusement. Les cailloux heurtaient les ressorts de suspension, se projetaient dans un nuage de poussière contre les ailes, frappaient les pare-chocs, flagellaient le pare-brise.

Angelos, le chauffeur, n'y prêtait aucune attention. Sous un soleil en pleine activité, il franchissait, cinq fois par jour, les trente kilomètres qui séparaient la bourgade de Stratis de l'extrémité de la presqu'île.

À chaque parcours, Angelos éprouvait le même frisson de plaisir en abordant son trente-septième tournant. Dès ce moment-là, il apercevait la mer. Sa Méditerranée, plus chérie qu'aucune femme, qu'il rejoignait chaque dimanche, en solitaire, dans sa barque de pêcheur.

Durant la semaine, il vivait dans la bousculade. Les passagers se pressant à l'intérieur de son véhicule formaient une masse dans laquelle il ne distinguait plus aucun visage. Entassés à six sur une banquette de trois, ou bien debout épaule contre épaule, ils se raccrochaient aux poignées, s'agrippaient les uns aux autres, résistant ainsi aux soubresauts du car, à ses brusques arrêts, à ses départs intempestifs.

Coutumières du bus, une demi-douzaine de vieilles, pour qui le trajet était particulièrement long, s'accroupissaient sur le sol, dans le coin qu'Angelos leur réservait, serrant dans leurs bras un enfant en bas âge ou un panier rempli de victuailles.

Cette foule se composait surtout de paysans et de petits commerçants se déplaçant d'un village à un autre pour proposer leurs marchandises. Les touristes ignoraient ce circuit.

La plupart des femmes étaient vêtues de noir, les hommes aussi portaient des vêtements sombres.

Parmi toute cette grisaille, comment ne pas remarquer la robe écarlate, les cheveux flamboyants de la femme qui venait de surgir, escaladant la marche, présentant son ticket avant de pénétrer, souveraine, dans la mêlée ?

La foule s'écarta pour lui livrer passage. Ne faisant rien pour passer inaperçue, elle salua à la ronde, lançant de-ci de-là des bouts de phrase, prononcés avec un fort accent étranger que personne ne put localiser.

Elle dévisageait les voyageurs avec aplomb, multipliant sourires et mercis, lorsque trois d'entre eux se levèrent, d'un même élan, pour lui céder la moitié d'une banquette.

Elle s'y affala, plaquant, dans un geste d'extrême fatigue, la main gauche contre son front. Mais aussitôt elle se reprit, se redressa avec bravade, distribuant des clins d'œil à ses plus proches voisins. Malgré la chaleur, elle portait sur un bras un vaste manteau en lainage noir, aux poches volumineuses et bourrées, et maintenait sur ses genoux un large sac en raphia, du même rouge que sa robe, empli à ras bord.

Son décolleté plongeant découvrait la naissance des seins, fermes et volumineux. Au bout d'une chaînette en or, une croix incrustée de rubis balayait, au moindre mouvement, au moindre soubresaut du car, sa gorge laiteuse.

Ébloui par cette apparition, Angelos s'était longuement retourné sur son passage. Il récidiva à chaque arrêt.

Durant les étapes, il cherchait à apercevoir la forme rouge dans le rétroviseur. La somptueuse crinière blonde aux reflets éclatants, descendant jusqu'aux épaules, lui cachait en partie le visage. La flamboyante tignasse surplombait la mêlée, captant tout le soleil.

L'entassement des voyageurs empêchait l'examen des autres parties du corps voluptueux de l'étrangère. Angelos n'était pas le seul à vibrer ; tout l'autobus était en émoi.

À chaque station, le car se vidait de quelques passagers. La femme s'étant plusieurs fois déplacée, son siège avoisinait à présent la cabine vitrée du conducteur.

À l'un des derniers arrêts, Angelos s'octroya quelques minutes de plus pour contempler la voyageuse à loisir. Il fit carrément demi-tour sur son siège pour lui faire face.

Sa stupéfaction fut à son comble... La robe, le décolleté, la chevelure avaient masqué jusqu'ici la réalité. Malgré rimmel, rouge à lèvres et poudre, ce visage accusait la bonne soixantaine. Rides, cernes, bouffissures avaient fait leurs ravages, la verte luminosité des yeux ne les rachetait pas.

Le regard d'Angelos et celui de la passagère se croisèrent. Celle-ci venait de constater sa surprise, sa déception ; ce n'était pas la première fois qu'un tel incident lui arrivait. Une détresse profonde jaillit de ses entrailles ; elle courba le dos, plongea durant quelques secondes la tête entre ses mains.

Confus, interloqué, sentant la femme au bord des larmes, Angelos lança, d'une voix plus sonore que d'habitude :

– Deux stations avant le terminus. Plus que deux stations !

Le sac en raphia glissa des genoux de l'étrangère : cigarettes, pommes, oranges, miche de pain, chocolat, fromage... se répandirent sur le sol. Elle se hâta de tout ramasser, aidée par une fillette malingre et pâle.

– Prends ceci, lui dit-elle, forçant l'épaisse barre de chocolat dans la poche du petit tablier.

L'avant-dernière halte représentait, pour la plupart des voyageurs, le véritable terminus. Il était rare que l'un d'eux poussât plus loin. Mais Angelos accomplissait consciencieusement sa tâche, jusqu'au bout ; il y trouvait de la satisfaction, du plaisir. Arrivant seul au bord de la presqu'île, il s'offrait, à chaque course, un quart d'heure pour se dégourdir les jambes.

Tournant le dos à l'imposante forteresse encerclée de miradors, il se dirigeait d'un pas lent, tout en grillant une cigarette, vers la mer dont il ne se lasserait jamais. Ses cheveux blancs, touffus, bouclés couvraient sa nuque ; il marchait en chaloupant comme les marins, s'habillait comme eux : l'hiver d'une veste en laine foncée, l'été d'un tricot de coton horizontalement rayé de marine et de blanc ; et d'un blue-jean qui convenait à toutes les saisons, à tous les emplois.

Au moment de repartir, le chauffeur s'aperçut que, cette fois, l'autocar ne s'était pas entièrement vidé. Au fur et à mesure, tout le monde était descendu. Tout le monde, sauf la femme en rouge.

Celle-ci avait repris contenance, elle se tenait le buste très droit, le nez collé à la vitre, le regard perdu au loin.

Il crut à une distraction, à un oubli.

– Vous êtes arrivée, annonça-t-il dans sa direction.

Il n'y eut aucune réponse.

– Vous descendez ? reprit-il.

Elle se retourna lentement et, le fixant, fit non plusieurs fois de la tête.

Il insista :

– C'est ici que tout le monde descend, c'est pour ainsi dire le terminus. Après il n'y a plus rien.

– Je reste, répliqua-t-elle.

– Vous n'êtes pas du pays, continua Angelos, vous ne savez peut-être pas qu'après ce village il n'y a plus d'habitations, sauf...

– Je sais, dit-elle.

– Plus rien d'autre que...

– Je sais, je sais, répéta-t-elle.

Puis, détournant la tête, elle reprit la même pose, le regard porté vers l'extérieur.

Le chauffeur remit nerveusement son moteur en marche ; il se trompa de vitesse, en subit les secousses, débraya une troisième fois. Après une série de soubresauts, l'autocar repartit, soulevant des flots de poussière autour du capot.

Angelos avait enfin compris où se rendait cette femme, malgré son accoutrement qui ne lui paraissait guère de mise.

Ce n'était pas la première fois que Giulia prenait la route dans ces mêmes circonstances.

Elle en avait connu des maisons d'arrêt, une demi-douzaine au moins de par le monde ! À peine relâché, son fils y entrait de nouveau pour les mêmes forfaits : malversations, escroqueries, détournements, abus de confiance...

Les amis de Giulia s'étaient peu à peu découragés, ils ne comprenaient plus son obstination à vouloir tirer Marcello des mauvais pas dans lesquels il ne cessait de retomber.

– Ton fils a près de quarante ans, laisse-le se débrouiller à présent.

– Il est sorti de mon ventre, répliquait-elle. Je ne l'abandonnerai jamais !

Le père avait disparu sans laisser de traces. Parents, amis s'écartèrent. La petite fortune de Giulia avait pratiquement fondu.

Depuis plus de vingt ans, celle-ci vivait, à travers déboires et triomphes, selon le rythme de son fils.

Quelques semaines après ses sorties de prison, il menait déjà grande vie : palaces, grosse bagnole, vêtements chez le meilleur faiseur, chaussures à son pied chez le bottier des vedettes. Il ne manquait pas non plus de lui demander pardon, de faire des promesses pour l'avenir, de couvrir sa mère de prévenances et de cadeaux.

Il lui offrit, entre autres, cette robe écarlate, un modèle d'une star en renom, insistant pour qu'elle la revêtît les rares fois où il l'invitait à sortir :

– Avec ça tu resteras toujours jeune et belle, comme je te veux.

Elle se sentait choyée, aimée par son unique enfant. Son cœur en demeurait comblé durant les longs mois de silence, dont elle éprouvait souvent la tristesse, l'inquiétude, sans jamais lui en faire reproche.

Suivaient les périodes sombres. Soudain, comme des orages dans un ciel d'été : le téléphone à longue distance, les appels au secours.

Dans la prospérité ou le marasme, Marcello n'expliquait jamais rien ; ses affaires demeuraient un mystère. Giulia n'osait jamais se montrer abusive, indiscrète, et se contentait de mettre tout en branle – relations, argent, hommes de loi – pour l'assister.

Elle en avait visité de ces établissements pénitentiaires ! Elle en avait vu de ces murs d'enceinte, en avait contemplé de ces grilles, de ces barreaux, en avait signé de ces registres...

Au début, son cœur avait failli lâcher quand son fils était apparu au parloir avec des menottes aux poignets. Ensuite, elle s'efforça d'amadouer surveillants, gardiens, éducateurs. Elle n'eut pas trop de mal à y parvenir. Quel que soit le lieu de détention, chacun s'accordait à vanter les qualités de gentillesse, d'humour, de bonne camaraderie de Marcello.

– Jamais il n'a cherché à s'évader. Il s'arrange pour rendre à tous l'existence la plus vivable possible.

– Il est bon, mon Marcello, répliquait-elle, il a un cœur gigantesque. Il veut que les gens soient heureux. Mais pour lui, subitement, la chance tourne mal.

Ils acquiesçaient. Giulia repartait rassérénée dans son fourreau rouge.

Elle s'obligeait à porter cette robe lorsqu'elle lui rendait visite, comme un hommage à sa générosité ; cherchant aussi à lui prouver que, malgré les années, pour lui faire honneur, elle avait gardé un corps jeune, des mouvements flexibles. Ce vêtement éclatant, serré comme une gaine, en témoignait.

Giulia s'était usé l'existence en sauvetages puis en dommages, en espoirs puis en désespoirs. Lassant ses proches, décourageant deux ou trois amants – avec qui elle avait partagé quelques semaines ou quelques mois ; elle interrompait brusquement ses liaisons dès que Marcello se trouvait en difficulté, exigeant alors une disponibilité absolue qui rendait impossible la vie à deux.

À travers les années, cette robe écarlate l'avait secourue. En la revêtant, elle se donnait le change, retrouvait une désinvolture, d'abord feinte, puis naturelle, qui forçait l'entourage à croire en l'innocence de son fils. Quelle mère réellement troublée, inquiète aurait osé s'affubler de cette façon ?

Peu à peu, avec l'âge, son corps la trahissait.

Les talons hauts, l'étoffe miroitante collée à la peau l'obligeaient à des efforts, sur chaque muscle, chaque articulation. La nuit elle avait des cauchemars. Son jeune corps, enroulé d'étoffe rouge, flottait devant elle, comme une barque sur une mer démontée. Elle avait beau nager, le rappeler, lutter contre les vagues, elle ne parvenait jamais à le rejoindre. Mais jusqu'ici la réalité lui avait été propice, la jonction entre Giulia et ce corps d'autrefois avait toujours eu lieu.

Seuls ses cheveux ne subissaient pas d'atteintes. Ils avaient gardé l'épaisseur, la souplesse, le soyeux des jeunes années. Elle les traitait en les brossant vigoureusement trois fois par jour.

Durant la dernière entrevue, qui remontait à une semaine, l'avocat avait été pessimiste. À cause de ses multiples récidives, l'affaire de Marcello s'était compliquée. Il était raisonnable de prévoir qu'il en aurait pour deux ans d'enfermement.

– Deux ans. Ça ne lui est jamais arrivé, protesta Giulia. C'est trop ! Il ne tiendra pas le coup. Il faut faire quelque chose, très vite, maître Piraldi.

De son côté, elle était prête à remuer ciel et terre. Ses anciennes relations mondaines, son charme, sa convivialité avaient laissé des souvenirs qui continuaient à lui valoir du crédit auprès de quelques personnes haut placées.

– Pour le moment, ne lui faites aucune part de vos inquiétudes.

– Mais ne croyez-vous pas que...

– Jurez-le-moi, maître Piraldi, ne lui en parlez pas. Évitons de le tourmenter. Je peux compter sur vous ?

Elle le trouvait hésitant.

– Jurez-le-moi, maître Piraldi. Jurez-moi de lui taire vos appréhensions.

L'avocat jura avec réticence en hochant la tête, en soupirant.

Angelos suit des yeux la femme qui descend, boitillant, chancelant sur ses talons aiguilles, le sentier caillouteux qui mène à l'établissement pénitentiaire.

La forme écarlate se voûte, titube, se redresse.

Pris de compassion, le chauffeur se demande quel époux, quel amant, quel vieux père, quel enfant elle va visiter, affublée, surchargée ainsi.

Il crie, le plus fort possible, dans sa direction :

– Hé, là-bas, madame, madame en rouge !

Giulia l'entend, se retourne.

– Dans trois heures, je serai de retour. Je vous attends au même endroit pour vous ramener.

Elle pose sur le sol son sac en raphia, agite plusieurs fois son bras, hurle dans toutes les langues qu'elle connaît :

– Merci, grazie, thank you, muchas gracias, afkaristopoli !

Les mots d'Angelos lui ont réchauffé le cœur. Souvent elle n'en demande pas plus à la vie : des mots, de simples mots, et c'est tout de suite l'apaisement, une sorte de bonheur.

De sa main libre, la femme essuie avec un mouchoir la sueur sur son front, sur ses tempes, tamponne son décolleté. Puis, ramassant le sac, elle repart d'un pas plus leste, presque aérien.

Dès qu'elle eut signé le registre, devant la guérite d'entrée, le préposé lui confia qu'on avait cherché partout à la joindre.

– Me joindre ! Mais pourquoi ?

Il était entendu qu'elle venait le jeudi après-midi. La veille, le mercredi, était jour de visite de l'avocat. Celui-ci arrivait tout exprès de la capitale, dans sa limousine grise conduite par un chauffeur.

– L'avocat est venu hier, n'est-ce pas ?

Le jeune homme consulta la liste :

– Oui, hier, maître Piraldi. C'est bien ça ?

– C'est bien ça. Aujourd'hui, c'est mon jour à moi.

– C'est bien ça. C'est votre jour à vous.

Il n'ajouta rien d'autre mais s'empressa d'appuyer sur un bouton dissimulé sous la tablette pour appeler le surveillant.

L'homme en casquette s'efforça de lui annoncer la nouvelle avec ménagement.

Marcello s'était pendu, cette nuit, dans sa cellule.

Elle ne voulut rien entendre :

– Je ne comprends pas, je ne comprends pas, je ne veux pas, je ne sais pas ce que vous dites, répétait-elle, se noyant dans ses propres paroles, secouant la tête.

– Il est mort, reprit l'homme, baissant la voix et lui posant la main sur l'épaule.

Sac et manteau glissèrent sur le sol. De tout son poids, Giulia tomba assise sur la banquette en fer.

Ses lèvres tremblaient, elle grelottait de froid et se recroquevillait sur elle-même.

L'homme ramassa le vaste manteau dont il la recouvrit entièrement.

L'étoffe rouge de sa robe, ses cheveux flamboyants disparurent à l'intérieur de l'épais et sombre lainage sous lequel elle s'était tassée.

Le lourd tissu ne formait plus qu'un monceau noir.

Une motte terreuse, agitée de secousses, d'où émergeaient des gémissements continus, entrecoupés de hurlements de bête blessée.

Classiques

Les grands classiques aux plus petits prix du format poche.

La plupart des ouvrages sont précédés d'un cahier inédit et illustré sur la vie et l'œuvre de l'auteur.

BALZAC Honoré de
Le père Goriot
1988/2
Le colonel Chabert
3235/1 (Août 94)
Colonel de la Grande Armée, le comte Chabert a officiellement trouvé la mort à Eylau et sa veuve s'est remariée. Mais un jour se présente un vieux soldat balafré, qui prétend être Chabert !

BAUDELAIRE Charles
Les Fleurs du mal
1939/2

DAUDET Alphonse
Tartarin de Tarascon
34/1
Lettres de mon moulin
844/1
Le Petit Chose
3339/2

DICKENS Charles
Oliver Twist
3442/9

DIDEROT Denis
Jacques le fataliste
2023/3

DUMAS Alexandre
La reine Margot
3279/3
Les Trois Mousquetaires
3461/7

FLAUBERT Gustave
Madame Bovary
103/3
L'éducation sentimentale
3695/4

HAGGARD H. Rider
Les mines du roi Salomon
3607/1

LONDON Jack
Croc-Blanc
2887/3
Martin Eden
3553/5

LOTI Pierre
Le roman d'un spahi
2793/3

MALOT Hector
Sans famille
3588/5

de MAUPASSANT Guy
Une vie
1952/2
L'ami Maupassant
2047/2
Le Horla
2187/1
Bel-Ami
3366/3
Apparition
3514/1
Pierre et Jean
3784/1 (Septembre 94)

POE Edgar Allan
Le chat noir
2004/3
Arthur Gordon Pym
3675/3

POUCHKINE Alexandre
Eugène Onéguine
2095/2

RENARD Jules
Poil de carotte
11/1

RIMBAUD
Une saison en enfer...
3153/3

ROSTAND Edmond
Cyrano de Bergerac
3137/3

SAND George
La mare au diable
3194/1
Leone Leoni...
3410/3

SHELLEY Mary W.
Frankenstein
3567/3

STENDHAL
Le rouge et le noir
1927/4
La Chartreuse de Parme
2755/5

STEVENSON R. L.
Les trafiquants d'épaves
3718/4 (Juillet 94)
Histoire et aventures de Loudon Dodd, fils d'un milliardaire américain, qui finit par tremper dans de douteux trafics. L'un des plus fascinants romans de Stevenson.

STOKER Bram
Dracula
3402/6

TWAIN Mark
Tom Sawyer
3030/3
Huckleberry Finn
3570/5

VERLAINE
Poésies
3212/2

ZOLA Émile
L'assommoir
900/4 (Décembre 94)
Germinal
901/3
Thérèse Raquin
1018/2

Anthologies
La poésie des Romantiques
par B. Vargaftig
3535/2
La poésie des Résistants
par B. Vargaftig
3767/2 (Octobre 94)

R.I.D. Composition 91400 Gometz-la-Ville
Achevé d'imprimer en Europe (France)
par Brodard et Taupin à La Flèche (Sarthe)
le 18 octobre 1994. 1814K-5
Dépôt légal octobre 1994. ISBN 2-277-23769-8
Éditions J'ai lu
27, rue Cassette, 75006 Paris
Diffusion France et étranger : Flammarion